敵性最強種が俺にイチャラブしたがるお義母さんになったんですが?!
illustration：イチケイ

ファルマヒデリア
テフラン

敵性最強種が俺にイチャラブしたがるお義母さんになったんですが?!

Tyu-moji

Illustration
ichikei

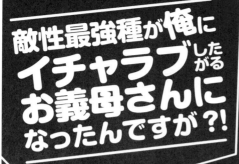

CONTENTS

プロローグ　青年は告死の乙女と出会う

地下に広がる迷宮の先に実在し、金銀財宝の山があるといわれる地底世界。

そこへの到達を夢見て、迷宮に挑む者たちを『渡界者』と呼ぶ。

彼ら彼女らが悲喜こもごもな活躍を果たす異世界への通り道は、世界の各所に開かれている。

しかし、大人数が楽に行き来できる出入り口となると、数に限りがあった。そして重要性から、国主や領主が直轄地として管理していた。

そして、とある国が運営する出入り口の一つに作られた、『ショギメンカ』という名前の町がある。

周辺への流通の便がよく、出入り口からしばらくの範囲には弱い魔物しか出ないこともあり、別名『駆け出し渡界者の町』と呼ばれているような場所。

通称の通りに、渡界者になりたい者や、なりたての者が多く集まってくる。

かといって、熟練者がいないかというと、そういうわけでもない。

いわば渡界者のためにあるような、そんな町に一人の青年が住んでいた。

名前はテフラン。

渡界者の父親の手一つで育ち、その父親も数年前に迷宮に挑んだきり帰ってこない、渡界者孤児の一人である。

そんなテフランは十四歳になり成人したのを機に、当然のように渡界者組合《ギルド》の組合員――要するに新米渡界者になった。

失踪した父親の影を追うつもりも少しはあったが、渡界者以外に自分がなれるものが浮かばなかった、という事情が大半だった。

そんなテフランが、他の新米たちと同じように仲間を募って徒党《パーティー》を組み、迷宮に挑み続けて半年が経った。

ちょうどこの頃、四年ごとに起こる大転換によって、いままでの迷宮の地図がゴミと化した。

新米中の新米にとって、出入り口から近い場所の詳しい地図の作成は、難易度の割りに組合に売れば小金が稼げるという、美味しい仕事である。

この情報を父親から教わっていたテフランは、仲間と共に転換してすぐの迷宮に潜り、地図作りに精を出した。

初めは順調だったものの、半年という活動期間が、ここで悪いほうに作用する。

通常、父親から手ほどきを受けていたテフランが、斥候役として仲間を先導していた。

だがこのときのテフランは、地図の作成に意識の多くを割いていたため、少しの間だけ仲間の一人――剣を使うセービッシュに先導を任せてしまっていた。

こうした気の緩みがあるときこそ、迷宮というモノは魔や災厄を巻き起こす。

「おい！　何か踏んじまったんだが!!」

焦るセービッシュの声に、テフランは地図から急いで顔を上げた。

見れば、セービッシュが立つ床が拳一つ分沈みこんでいる。

さらには、沈んだ地面の周囲に複数の不可思議な模様――『魔法紋』が光って現れていた。

それがどんな種類の罠なのかも、テフランは父親から教わっていた。

「転移罠だ！　急いでその場から離れろ！　みんなも下がれ！」

「離れろって、罠から足を上げても大丈夫なのか!?　矢とかが飛んでくるんじゃないのか?!」

「なに、どういうこと。セービッシュ、どうなっちゃうの!?」

これまでテフランが先導して罠を回避してきたため、仲間たちは作動した罠に混乱して時間を浪費してしまっていた。

（このままじゃ、徒党全員が転移させられてしまう！）

テフランは議論する時間はないと判断し、後続の仲間を押して下がらせると、セービッシュを勢いよく突き飛ばした。

こうして仲間の退避を終わらせた直後、テフランの腕や足が空間に固定されたように動かなくなる。

転移罠が発動する寸前に起こる、転移前の兆候だ。

これでテフランは、もう転移から逃れることはできない。

罠で見知らぬ場所に転移させられる前に、テフランは手首のスナップで地図を仲間たちへ放り投げた。

「みんなよく聞け！　この場所に転移罠があると書き加えてから、その地図を組合に持って行け！　それでかなりのお金が手に入る！　あとセービッシュの間抜けは、俺が生きて戻ってきたら説教してやるから、覚悟して――」

言葉の途中で、テフランは魔法紋による不思議な力で、迷宮のどこかへと飛ばされてしまった。

あっという間に消えてしまった姿に、仲間たちは呆然としている。

彼らは少しして我に返ると、慌ててテフランが残した地図を拾い上げた。

指示通りに地図に罠の場所を書き加えると、周囲に目を向けて誰もいないことを確認し、一目散に地上にある渡界者組合へ駆けていったのだった。


テフランは転移罠で迷宮のどこかに飛ばされた後、壁に埋まる宝石が青く照らす通路を逃走していた。

その背を追うのは、父親から寝物語に聞いた姿そのままの、恐ろしい魔物たちだ。

「くそぉ！　なんで第四地区まで跳ぶ罠が、出入り口付近にあるんだよ！」

第四地区とは、熟練の渡界者の徒党が挑むような場所。ショギメンカの町にある出入り口からだと、到達するまで十日ほどかかる距離にある。

間違っても、父親の手ほどきで知識を得ただけの、新米がきていい場所ではない。

なにせここに現れる魔物に、初心者丸出しのテフランの装備は一切通じないのだから。

そのためテフランは、短槍と腰回りに着けた道具帯《アイテムポーチ》以外の荷物を捨てた、身軽な状態で逃げることで、どうにか命を繋いでいた。

走り続ける。分かれ道を曲がる。罠をまたいで避ける。

そんな単純な一動作ごとに、追ってくる魔物の数が増えていく。

足音が増え続けることに、テフランは恐ろしさで後ろを振り向くことができない。

この絶望的な状況でも、テフランは唯一の希望を持っていた。それは魔物が入ってこられないという場所――『安息地』だ。

安息地とは、昼の陽の光かと見間違うほどの穏やかな白い光が天井から降り注ぐ、四角い小部屋状の場所のこと。その明るい光が魔物を退けてくれる。

しかし、あまりにも魔物が集まり過ぎると光が消えてしまう、と噂されてもいた。

（これだけの魔物を連れていったら、安息地の光が消えるかもしれないけど、構うもんか！）

どのみち体力が尽きれば、魔物に八つ裂きにされてしまう状況だ。この一縷《いちる》の希望に、命を賭けるしかない。

決心したテフランは、通路上にある罠を半ば勘で避け、たとえ踏んでしまっても全速力で走ることで回避し、逃げに逃げ続ける。

喉が渇き、流れていた汗が止まり、体内が茹だったように熱を持つ。腕が上がらなくなり、いま息を吸ったのか吐いたのかすら意識できなくなる。

だが、体力を絞り出して、走力だけは下げない。

そんなテフランの渾身の逃走は、ついに実を結ぶ。

曲がり角の先に、目がくらむほどの光が溢れる部屋が見えたのだ。

(安息地だ！　これで助かった――)

賭けに勝ったと、テフランがほんの少し気を抜いてしまう。

それはこの場所において致命的な隙であり、追いかけている魔物も見逃さなかった。

鋭い速さで投げられた短剣が、テフランの背中に突き刺さる。薄手の革鎧を突き抜け、刃が斬り入った片肺に血が溜まっていく。

逃走続きで、心肺機能が限界寸前のテフランには、これは手痛い一撃だった。

肺に入った血で溺れそうになるが、逃げ込める場所は、もう目の前。

テフランは気道を逆流して喉元まできた血を飲み下し、無事な片肺で大きく呼吸を果たすと、口を噤んで一気に安息地へ跳んだ。

魔物の爪が掠る感触を得つつも、テフランは光満ちる空間に入ることに成功する。

その光を嫌がり、魔物たちは中に入ってはこない。

「――ごほごほっ。ち、治療を」

テフランは、疲労と出血で喪失しかける意識を独り言で繋ぎ止めて、道具帯を漁る。

取り出すのは、封がされた一本の金属の小瓶。表面には紫色で描かれた、怪しい模様がある。

これは、テフランが爪に火を点すように貯めた金で購入した、傷を瞬く間に治す『魔法薬』だ。

大事なのは中身ではなく、その紫色の模様――魔法紋。瓶を掌で包んで意識を模様に集めることで魔法が発動し、水を瞬く間に傷を癒す治療薬に変えてくれる。

その使用法に従って薬を作りながら、テフランは背中に刺さる短剣を引き抜く。傷口から迸《ほとばし》る血潮を無視し、瓶の蓋を開けて中身を飲み干した。

無味無臭の液体が喉を滑り落ちると、急速に痛みが消えていく。そのうえ、空いた傷口がひとりでに閉じ、疲労の極致にあった体に活力が戻ってくる。

その効力に、初使用だったテフランは目を見張った。

しかし安心する間もなく、部屋を煌々と照らしている光が一瞬消える。

テフランは魂消《たまげ》て入ってきた方向に目を向けると、多数の魔物が留まり蠢いていた。

「グウウウウルルウルルアウウウウ！」

「ギギャギャギャギャギャギャギャギャギ！」

「オウオウオウオオオウオウオウ！」

人型や獣型を始め、テフランの知識にもない魔物たちが、中に入れないことを抗議する鳴き声を上げる。

その声が響く度に安息地の光が揺れ、一瞬だけ暗闇になる。

（魔物が集まると安息地の光が消えるっていう噂は、本当のことだったのか！）

暢気《のんき》にへたり込んではいられないと悟り、テフランは逃走を再開しようとする。幸い、入ってきた場所とは別の出入り口があった。

そこへ走り出そうとしたそのとき、テフランは自分以外の誰かが近くにいたことに、遅まきながら気付く。

その人は金色の髪を持ち、光を照り返すシミ一つない白い肌が眩しい、テフランより頭一つ分は背が高い女性だった。

青い衣をトーガ状に巻き付けて佇み、集まっている魔物たちへ顔を向けている。

ここで、テフランは自分の失態に舌打ちした。

（しまった。別の渡界者が先に休んでいたのか……）

安息地の効力を失わせるような真似をしたテフランは、渡界者の仕来りに従えば、先に休んでいたらしき美女に殺されても文句は言えない。

だが逆を返せば、彼女はこの場所に一人で来られる実力者。助力を得られれば、生存確率は飛躍的に上げられる。

テフランは腹を決めて説得に挑もうとして、はたと美女の格好に違和感を覚えた。

(なんでこの人は『町中を歩くような服装』をしているんだ？)

ここは、恐ろしい魔物が闊歩する、迷宮の第四地区。青い布一枚巻いた女性が来られるほど、気安い場所ではない。

不可思議さからテフランが疑問を抱くと、不意に父親の与太話が脳裏に蘇った。

『いいか、テフラン。迷宮の安息地で飛びぬけた美女に出会ったら気をつけろ。そいつは『告死の乙女』って呼ばれる、最強の人型敵性種族かもしれない。もしそんな相手に出くわしたとき、そいつが人間か見極めるコツは――』

(瞳が、人間ではありえない、紫色かどうか)

テフランは、恐る恐る美女の顔を遠くから覗き込む。

果たしてその瞳の色は、父親が語ってくれた通りに、宝石のごとく綺麗に澄んだ紫色。

テフランが驚愕から呆然としていると、美女の真っ白な肌に色とりどりの魔法紋が無数に浮かび上がった。

(人間が使える魔法紋は刺青だけ。まっさらな状態から出てくる魔法紋は、魔物や魔獣のもの……)

この魔法紋がダメ押しとなり、テフランは目の前の美女が、告死の乙女という魔物だと心から理解した。

そのとき、告死の乙女が手のひらを通路の魔物たちに向ける。

「Ｒａａａａａａａａー」

口を開いて歌のような声を発すると、全身に浮かぶ魔法紋が一際強く輝き始めた。

嫌な予感にテフランが横に身を投げ出すと、告死の乙女の手のひらから猛烈な炎が噴き出してきた。

先んじて動いていたのに、噴き出る勢いがすごいあまりに、短槍の上半分が炎に触れて一瞬で炭化する。

テフランは地面に体を打ち付けるようにして伏せつつ、熱波に目を焼かれないように腕で顔を覆った。

(告死の乙女って、こんなに強力な魔法を使ってくるのか!?)

熱風でテフランの皮膚の表面がひりついたが、冷えていた地面に伏せたお陰で火傷にはならずに済んだ。

魔法の炎の余波に耐えることしばし、聞こえていた炎の射出音が途切れた。

テフランが確認に顔を上げると、告死の乙女の全身はもとの白い肌に戻っている。

続けて魔物がひしめいていた通路に目を向けると、そこには山積する焼け焦げたモノだけがあった。

逃げるしかなかった魔物の無残な光景に、テフランは笑いがこみ上げてきた。そして、この美女が『告死』とあだ名される理由を悟る。

「要するに、出会ったら最後ってことか、あはははは」

『渡界者は生きぎたなく足搔くべし』との父親の教えを粉砕するほどに、告死の乙女はテフランにとって衝撃的に過ぎた。

（あんな魔法からは、どうやったって逃げられない。それなら足搔くよりも、絶世の美女に一瞬にして殺されたほうが、死に方としてはマシだよな）

諦めきったテフランは、槍を捨てて告死の乙女へ、自分から近づく。それどころか、両手を広げて魔法を撃ってこいと催促すらした。

その戦闘意欲のない行動を、告死の乙女は見つめるだけ。それこそ、お互いの手が触れる距離になっても、魔法の一発も放ってこない。

テフランは彼女に命を差し出す決心に従い、無遠慮にそのたおやかな手を取って自分の胸元に押し当てた。

ここまでやれば、告死の乙女もその意味を理解する。望み通り魔法を放つべく、口を開けて耳触りの良い旋律を発し始める。

「Ｒａａａａａａａａ〜〜」

歌声に呼び起こされるように、再び全身に魔法紋が浮かんでいく。

光り輝き神々しいその姿を間近に、テフランは神妙な気持ちで呟く。

「十四歳で死亡か。呆気ない人生だ――」

テフランが独白を残そうとして、急に喉に粘つく液体が上がってきた。勢いを抑えきれず、口から噴出する。

「――ごはッ！」

真っ赤な血。

喀血を視認した瞬間、テフランは胸に激痛を感じた。

（さっき魔法を避けたとき、治したはずの傷が開いたんだ）

げふげふと咳き込むテフランは、死を覚悟していたこともあり、自分のことより告死の乙女のほうが強く気になった。

見れば、先ほどの喀血が彼女の顔一面に飛び散っていて、麗しい美貌を汚している。

「ご、ごめんなさ――」

謝罪しようとして、テフランの視界が暗転した。

魔物から走り逃げ続けた疲労と、再び開いた傷による失血から、脳が意識を手放す選択をしたのだ。

失神に至るまでの短い間、テフランは口惜しく思った。

（どうせ死ぬなら、目の前の彼女に殺されたかったな……）

テフランは後悔を胸に、膝から頽《くずお》れる。そして地面に体を打ち付ける衝撃を感じる前に、意識は途切れた。


テフランは不意に意識を取り戻した。

最初に思ったことは、ここがどこで、どうして横たわっている、という疑問だった。

意識の覚醒度合いが高まるにつれ、ここまでの状況を思い出していく。

(背中の傷が開いて、死んだはずじゃ……)

テフランは不思議に思いながらも、横向きに寝ている自分の頭が何かに乗せられているほうが、より強く気になってきた。

なにせ、柔らかさのなかに弾力があり、温かくていい匂いがするものだからだ。

いままで体験したことのない質感に、テフランは今際《いまわ》の夢だと錯覚する。

人生最後の夢だからこそ、子供の時分に恋い焦がれていた、記憶にない母親が出てきてくれたと勘違いした。

「お母さん?」

呼びかけると、怪我を負った背中に優しい温かさが生まれる。

それは、誰かの手が触れて、その体温がじんわりと伝わってくる感覚だった。

夢にしては明確に過ぎる体感に、テフランは意識を覚醒させる。

（夢じゃない！　けど現実なら、俺の頭の下にある『これ』はなんなんだ？）

恐る恐る手で撫でて確認してみると、それが太ももの形であるとわかった。

続けて、その人の足を包む、青い布地が目に入る。

テフランは恐怖から身を強張らせると、視線を天井方向――膝枕をしてくれている人物の顔へ移動させる。

だが、トーガ状の服を押し上げる豊かで柔らかそうな乳房に阻まれ、顔は見えなかった。

それでも、その青い服を見れば、テフランは告死の乙女に膝枕されている状況を悟らざるを得なかった。

「うわあああああ――」

驚いて逃げようとするテフランを、告死の乙女の手がやんわりと、しかし抗えない強さで押し留めた。

魔物を焼き尽くす魔法を使える手に触れられ、テフランは命を握られたように感じて身動きを止めてしまう。

緊張の中にいると、聞き心地のよい声が、テフランの耳に滑り入ってきた。

「怪我を治している最中ですから、急に動くのはダメですよ」

「――へっ？」

テフランは人語《じんご》に驚き、視線を周囲に巡らす。

だが、自分と告死の乙女以外に、他の存在は見られない。

(それじゃあ、もしかして……)

視線を告死の乙女の顔があるべきほうへ向けると、豊かな乳房越しに同じ声がやってきた。

「そのまま、じっとしていてくださいね。治療が終わるまでの時間がお暇なら、歌を聞かせましょうか?」

「だ、大丈夫です。このまま、大人しくしてます」

「必要だと思ったら、すぐ言ってください。歌には自信がありますから」

告死の乙女が朗らかに喋り、ちゃんと受け答えをしている。

この事実に、テフランは目を白黒させるほどの混乱に陥り、すぐに思考を放棄した。

(どうせ俺が死ぬも生きるも、この人次第だ。色々考えたって仕方がない)

そんな諦めの境地で過ごすこと、しばし。

告死の乙女がテフランの背に当てていた手を下ろした。

「はい、これで怪我の治療は終わりです。ささ、体を起こしてみてください。どこか痛い場所があれば、遠慮せずに言ってくださいね」

「は、はい……」

言われるがままに起き上がろうとして、膝枕をされていた関係で、テフランは頭を告死の乙女の胸に下から突っ込ませてしまった。

少ない力で簡単に形を変えるほど柔らかい感触なのに、確かに感じるその大きな質量。

テフランは母なし子であったため、その未知の感触に大慌てしてしまう。

地面を転がって脱し、真っ赤な顔で頭を下げるほどだ。

「ごご、ご、ごめんなさい！　わざとじゃないんです！」

必死に謝り倒す姿に、笑い声が上がる。

「ふふふ。そんなに慌てなくても大丈夫です。別段、痛くはありませんでしたから」

当たった胸の場所を撫でながらの、余裕ある大人の対応。

テフランは安堵すると共に、自分が子供であると暗に伝えられたような気になって強く赤面してしまう。

恥ずかしさで顔を俯かせて背中を丸め、背中の傷が痛まないことに気付く。

後ろ手に触ってみると、切れた革鎧と衣服はそのままだが、肌には傷どころか痕すらなかった。

「もしかして、魔法で治してくれたの？」

「はい。私《わたくし》がこの手で治療しました」

魔法紋を輝かせた手を上げて見せ、ニコニコ笑顔の告死の乙女。

テフランは一気に、状況がわからなくなった。

「どうして治療をしてくれたんだよ――」

——告死の乙女は人を殺す存在のはずなのに。

口に出し難い部分は黙って問いかけると、喜色を強めた笑みで返答がきた。

「それは、あなたが私の主だからです。主を救うのは『従魔』の使命ですから」

当たり前のように言われて、テフランはさらに混乱した。

「主とか従魔って……俺は『魔遣い』じゃないんだけど」

不思議な力で魔物や魔獣を味方につける、特殊な技量を持つ渡界者。

その存在を引き合いに出して否定しても、告死の乙女は意見を変えなかった。

「あなたが魔遣いであろうとなかろうと、私は従魔で、あなたが主です」

にわかには納得し辛いことだが、テフランはひとまず話を前に進めることを選んだ。

「従魔っていうなら、俺の言葉には従うってこと？」

「限度はありますが、そう考えてくださっていいですよ。試しに衣服を脱げと言ってみてください。本当に全裸になってさしあげますから」

布に手をかけて肩を晒すのを、テフランは急いで制止する。

「そんなこと頼まないから、脱がなくていいから！」

「そうですか？　なにやら、ちらちらと私の胸のあたりを見ていらっしゃるので、この肉体に興味がおありなのかと思ったんですが？」

「うぐっ。それは、その、健全な男子の生理的反応みたいなもので……」

男性の悲しい性《さが》を指摘されて、テフランは赤面した顔を逸らす。

告死の乙女は、その行動が愛しいと感じている笑顔になると、テフランの頭を両手で抱えて豊かな胸の中へ導いた。

不意に柔らかくいい匂いのする場所に包まれ、テフランは混乱の極みに陥る。

「なな、なにをするんだよ！」

「望むのでしたら、この体を好きなように扱っていいんですよ。例えば、思う存分に乳房の柔らかさを堪能したい、とかです」

告死の乙女が腕に少し力を入れると、テフランの顔が柔らかな乳房にさらに埋まった。

強制的に性的な幸せを与えてくる感触に、テフランは必死に抗おうとする。

「ひ、必要ないから！」

テフランは両手で告死の乙女を押して、自分の顔を埋没していた場所から引き剝がす。その際、手が柔らかな乳房を押し潰してしまっていた。

告死の乙女は、その大胆な手つきに気恥ずかしい顔に変わる。

穢れに初めて触れた乙女のような表情に、テフランはつい見惚れそうになり、慌てて乳房を摑む手を引き戻した。

「これは違うんだ！　たまたま、偶然だから！」

「わかっていますから、落ち着いてくださいね。ふふふっ」

告死の乙女は気にした様子もなく、少し赤い頬で柔らかく笑う。

テフランはからかわれている気がしたものの、話題を元に戻すことに決めた。

「それで。従魔だから、俺の望むことを叶えてくれるんだよね」

「その通りです」

「じゃあ、この迷宮の外に出るまで、護衛を頼むことはできる?」

このときテフランが注目していたのは、告死の乙女という、最強敵性種族の戦闘力。

魔物の群れを魔法一発で全滅させるような人物が護衛をしてくれたら、この場所から生還できるのではないかと希望を見出していた。

そして告死の乙女は、易々と頷く。

「迷宮の外まで護衛いたしましょう。その後も、あなたを危険からお守りします」

快諾にテフランは喜びかけて、付け加えられた一言に眉を寄せた。

「もしかして、迷宮の外にまでついてくる気だったり?」

「四六時中侍って望みを叶えることが、従魔である私の使命ですから、当然です」

あっさりと肯定されて、テフランは顔をひきつらせた。

目の前の人物は、見れば目が潰れそうなほどの美女だが、最強種族の魔物だ。そんな存在を町中に入れることとは、重大な危険を人間社会に抱えることに繋がる。

下手したら主となったテフラン自身、危険人物扱いを受けるかもしれない。

（でも、そんな心配をするのは、迷宮から無事に脱出できてからだな）

テフランは問題を先送りにすることを決意し、迷宮脱出に関してだけに思考を割くことにしたのだった。

一章　義理の母親ができるまで

迷宮を脱出する。

文字で記すなら簡単なことだが、テフランにとっては難事だった。

いまいる第四地区は、転移罠にかからなければ、実力的に来られるはずがない場所なのだ。

そのうえ、武器の短槍は壊れ、着ている薄い革鎧はここの魔物の前では紙も同然だ。

（せめて武器があれば、万に一つぐらいは可能性があったんだけど……）

ないものねだりをしても仕方がない。テフランは現状で選べる手段を模索する。

しかしどう考えても、可能性がある選択肢は一つしかなかった。

テフランが窺うように視線を向ける先は、従魔になったと申告した告死の乙女だった。

「どうかしましたか？」

可憐に微笑んで首を傾げる姿は、天上の華もかくやという美しさ。

母なし子で女性への免疫が薄いテフランは、その魅力に顔を赤くしてしまう。

「えっと、これから迷宮を出るわけだけど」

「はい。私《わたくし》がきちんと守りますから、安心してくださいね」

当然のように言われて、テフランは少し言葉を詰まらせる。

「それは、頼もしいけどさ。本当に大丈夫なの？」

「もちろんです。魔物なんか魔法で一捻りです。同族以外には負ける気がしません」

「同族って、他の告死の乙女ってこと？」

「心配しないでください。ここから地上に戻るのでしたら、出くわすことはありませんから」

自信がありそうなので、テフランは彼女の実力に関しては信用した。

「本当に情けない頼みだけど、俺を迷宮の出入り口まで――いや、自分の力でも戦える第一地区まで護衛してください」

深々と頭を下げて頼むと、その頭を優しく撫でられた。

テフランに記憶はないが、どこか母性を感じさせる手つきだった。

「私はあなたの従魔です。あなたが望まれたことを叶えることこそが喜びです。なので、そう畏《かしこ》まらないでください」

「いや。従魔相手だとしても、これから一方的に守ってもらうんだ。ちゃんと礼を尽くさないといけないよ」

「頑固な性格なんですね。でも、そういうところも可愛らしいです」

告死の乙女は幸せそうに笑うと、テフランを抱き寄せた。

柔らかく豊かな乳房に埋められて、テフランの赤面度合いが強まる。

「ちょ、なにするんだよ！　放してって！」

「あんっ。そう嫌がらなくても、いいじゃないですか。この肉体はお嫌いですか？」

「好き嫌いの問題じゃない！　腕に抱え入れられていることが、恥ずかしいの！」

テフランはどうにか抱擁から脱出した。

すると告死の乙女が、不満と同情が混ざった表情をする。

「女性に慣れていないのですね。そういうことでしたら、いまは自粛するとします」

「いまだけじゃなくて、これからも遠慮してほしいんだけど」

テフランは心労でげっそりした顔を浮かべた後で、少し悩んでから手を差し出す。

返ってきたのは、疑問の瞳だった。

「どこかに触りたいのですか？　それとも、私から体を押し付けにこいと？」

「違うよ！　握手だよ、握手！　抱き着かれるのはイヤだけど、手を握るぐらいはいいからさ」

口ではそう言いつつも、テフランは女性の手を握ることに恥ずかしさを感じていた。

それでも敬意を示すためと、肉体的接触を欲していそうな相手に、許容できる範囲で妥協したのだ。

その心遣いが通じ、告死の乙女は少し驚いた後に、朗らかに笑いながらテフランの手を握る。

「それでは改めまして。これからよろしくお願いしますね、主さま」

「主って呼ばれるほど、偉くないよ。俺の名前はテフラン。テフランって呼んで」

「わかりました、テフラン。ですが、困りました。私には名前がないので、自己紹介を返すことができないんです」

そこで物欲しそうな目を向けられたが、テフランは意味に気付かないふりをした。

「挨拶も済んだし、迷宮を脱出しよう。任せっぱなしは悪いから、俺ができることは率先してやるつもりだからね」

「そんな気遣いは必要ないですよ。一切合切お任せください」

「いいや。これは、男としての矜持の問題だから。意地でも手伝うから」

「ふふふ。そうやって、私を女性として扱ってくれること自体は嬉しいですよ」

男子の背伸びと微笑まれた気がして、テフランは釈然としない気持ちを抱く。そのため、少々つっけんどんな言葉遣いになる。

「さあ、安息地を出るよ」

「ああ、待ってください。私が先に立ちますから。あと、迷宮の出口がどちらかわかっているんですか？」

歩き出したテフランに告死の乙女はすぐ追いつくと、楽しそうな歩調で先に立って通路を進み始めた。

テフランは、自分より背が高くて実力がはるかに上の告死の乙女に、ついつい安心感を抱いてしまう。同時に、自分の不甲斐なさに口惜しさを感じてしまうのだった。

迷宮の脱出は、思いのほか順調に進んだ。

告死の乙女が出会う魔物をものともしないこともあったが、テフランに迷宮の罠を発見する作業が任されていることも要因としては大きい。

出来る作業があるお陰で、テフランは『告死の乙女に敵わない自分』という自己嫌悪に潰れずに済み、通路を元気に進めている。

もっとも、告死の乙女が笑顔でその様子を見ていることから察するに、あえてテフランに任せているようだ。

なにはともあれ、二人は順調に第四地区を進めている。

その順風満帆さに、テフランの口も軽くなる。

「凄いよね。魔法一発で、この地区の魔物を倒せちゃうんだから。熟練の渡界者じゃないと苦戦は必須な相手なのにさ」

「迷宮に現れる種族の中で、私は最強の種族ですから。このぐらいは当然です」

「その自信が羨ましいよ。でも、魔物の素材もダメにしちゃうのは、いち渡界者としてはちょっと勿体ないけどね」

「適度に形を残す威力という感覚が、まだ難しいんです。あまりに弱い魔法を使って仕留め損ねて、テフランに怪我をさせたらいけませんしね」

「そんなことになっても対処できるように、武器が欲しいところだけど。あいにく、槍が飛び出してくる罠が見つからないんだよね」

「あら。テフランは罠の材料を武器に使っていたのですか？」

「俺が父親から教わった短槍術は、迷宮の罠を流用するために生まれたものだからね。でも、俺が小さかった頃は剣のほうが格好良く見えて、短槍なんてイヤだって駄々をこねたんだ。そうしたら、短槍の経験は槍にも剣にも流用できるから、戦いに幅を持たせられるんだぞって説教されたよ」

テフランが懐かしい記憶を語ると、告死の乙女は柔らかく笑った。

「お父さんのことが好きなのですね」

「とんでもない。迷宮に行ったっきり戻ってこない、ろくでなしだよ。お陰で一時期、危うく餓死しそうになったんだから」

「そう悪態を吐いていても、テフランはどこか嬉しそうですよ？」

指摘を受けて、テフランは自分の顔に手を当てる。しかし、自分が嬉しい表情をしているかを自覚することはできなかった。

ここでテフランは、会話が変な流れに乗りつつあると気付いた。

「俺の父親のことはどうでもいいよ。そんなことより――」

話題転換の言葉を吐きかけて、テフランは嫌な物音が聞こえた。

金属同士が軽く打ち合い、そして擦れ合いもしている、全身に金属の甲冑を着た何者かが歩いているような音。

しかし、迷宮の第四地区にいるような渡界者で、こんな派手に音を立てる甲冑を装備する人はいない。なにせ金属甲冑は重いうえに、その音で魔物が寄ってくるという、迷宮の戦いではいいところがない防具なのだから。

そのため、この音を立てている何かの正体は、テフランが思いつく限り一つだけ。

「『動く甲冑』か。厄介な相手が近くにいるな……」

通路を反響する物音から大よその位置を予想すると、間が悪いことにテフランたちの進行方向にいるようだった。

テフランが急いで迂回路を探す素振りを、告死の乙女は不思議そうに見る。

「テフラン。その甲冑さんは強いのですか？」

「そうやって、さん付けで呼ぶと間抜けに聞こえるけど、かなり危険な魔物だよ。名前の通りに、剣や盾を持った動く金属の全身甲冑なんだ。その堅さで武器が通じにくいのに、大きく壊すか弱点を突かない限り止まらない。渡界者でも棍棒や戦槌《ウォーハンマー》持ちがいない徒党《パーティー》なら、回避一択の相手だよ」

「その知識も、お父さんから教わったんですか？」

「教わってもいたけど、動く甲冑は第四地区から出てくる有名な魔物なんだよ」

事情を話しているうちに、動く甲冑の音が近づいてきていた。

テフランは通路を引き返そうとするが、告死の乙女に腕を摑んで止められてしまう。

「どうして逃げようとしているんです？」

「いやだから、動く甲冑は回避するべき相手だって言ったばかり――」

「告死の乙女である私が勝てないと、そう思っているんですか？」

口元は微笑みの形だが、目は心外さで怒っているように見える。

テフランは、つい彼女が告死の乙女という最強種であることを忘れて、自分の常識で判断してしまったことを後悔した。そして、どう弁明するかに悩んだ。

そうやって黙ってしまったこと自体が不愉快だったらしく、告死の乙女は動く甲冑の音がするほうへ歩き出してしまう。

「さっきテフランは、武器が欲しいと言ってましたよね。なら私が動く甲冑を倒して、確保してみせます」

「考え違いしていたことは謝るから、待ってってって！」

テフランは追いかけるが、追いついて止める前に動く甲冑に会敵してしまった。

聞いた話の通りに、頭からつま先まである金属製の鎧が、馬上長剣《ロングソード》と円形盾《ラウンドシールド》を手に動いている。

腰には予備らしき大小様々な鞘入りの剣が数本吊るされている。

そんな様相の動く甲冑は、テフランたちを認識した直後、戦いの開始を告げるように馬上長剣を勢い良く振るった。

剣先が霞むほどの鋭い剣筋に、テフランは目を見開く。

（あんなに長い剣なのにあの速さ。そこに甲冑の防御力があるなんて。なるほど、戦いたくない相手だ）

テフランが戦慄している一方で、告死の乙女は気楽そうにしている。

「ふーん、この程度ですか。こけおどしもいいところですね」

軽く見られたことに激怒したのか、動く甲冑が剣を振り上げて猛然と突っ込んでくる。その走力は、甲冑を着た人間で対比して考えると、飛びぬけて速い。

それなのに、告死の乙女は余裕綽々の表情で、ゆるりと手を動かして甲冑へ向けた。

「Ｒａａａａａａａａー」

控えめな歌声が形の良い口から発せられ、手のひらに浮かんだ魔法紋が輝き始める。

一瞬後、空気が破裂する音と共に突風が起き、通路に吹き荒れた。

テフランはつい顔を腕で覆ってしまうが、一秒と経たずに風は止む。

その間に、通路の光景は一変していた。

告死の乙女が立つ場所から奥にかけて、通路が滅茶苦茶に砕けていて、その中にバラバラになった甲冑が散らばっている。意外なことに、まだ微かに動いている。

テフランが薄ら寒い思いを抱くなか、告死の乙女は自慢げに胸を張っていた。

「やりました。どうですかテフラン、上手く手加減ができて、形が残ってますよ」

「ああ、うん。よくやった、ね？」

テフランが疑問符を浮かべながら褒めると、告死の乙女は軽い足取りで動く甲冑の胸部鎧へ近づく。そして、内側にある魔法紋を指で引っ掻いた。

その途端に甲冑の部品全てが停止し、二度と動かなくなった。

「……なにをしたんだ？」

「この手の魔物は魔法紋の力で活動しています。こうやって傷をつけてしまえば、無力化できるんです」

テフランに差し出されたのは、胸部鎧の内側。そこにある魔法紋には、深い縦線が一本刻まれていた。

剣先で傷つけたようなその傷が不思議で、テフランは自分の指先で鎧を引っ掻いてみる。当たり前だが、傷一つつかない。

（ということは、あの指先は刃のような切れ味があるってこと？）

恐怖を感じて、テフランはつい告死の乙女の手先に目を向けてしまう。

しかしどう見ても、たおやかな女性らしい手指でしかない。

「……ちょっと、指に触れてみてもいい？」

「もちろん、構いませんよ。はい、どうぞ」

差し出された指先に軽く触ってみても、普通の手指の感触しかしなかった。金属を傷つけたりするどころか、皮膚の一つすら傷つけられなさそうだ。

テフランが不思議さから撫で擦っていると、不意に指で指を搦《から》め捕られてしまった。

驚いて顔を上げると、告死の乙女は笑顔に艶めいた感情を混ぜた表情になっている。

「女性の手指を感じたいのでしたら、こうやって念入りに触れてください」

指同士を絡めながら、手のひらを擦り付けてくる。

体温と共に情念も伝えようとする手つきに、テフランはくすぐったさと恥ずかしさから、腕ごと振るって手を外した。

「変な風に触らないでってば！」

怒り気味に吠えるテフランに、告死の乙女は外されてしまった手を頬に当てる。

「あらあら、手放されてしまいました」

言葉とは裏腹に、残念さの欠片《かけら》も見えない笑顔。

ここで、テフランはからかわれただけだと理解した。

やり難さを頭を掻いて発散してから、テフランは散らばった甲冑を集めに回り、装備を整えることにした。

何本もある剣から片手剣の一振りを選んで腰に吊り、上半身部分の鎧をぶかぶかだが着る。鞘に入れた馬上長剣を天秤棒にして、手足の装甲を乗せた円形盾をベルトで吊り下げた。

そんな傍目には珍妙なテフランの格好に、告死の乙女は苦笑する。

「ふふふ。可愛らしい格好ですね」

「仕方がないだろ。滅多に倒されることがない、動く甲冑の素材だぞ。失った装備の補てんや、今後の生活のために持てる限りは持って帰りたいし」

顔を背けて弁明する姿が、告死の乙女には愛おしく感じられ、目尻が下がった笑顔でテフランの頭を撫で始める。

テフランにとって頭を撫でられていることは不服だったが、動く甲冑相手でも苦にしなかった様子には安堵を覚えてしまうのだった。


迷宮の脱出は、十日ほどで果たされた。

結果、テフランは傷一つない。それどころか、告死の乙女が倒した魔物から得た戦利品で、前より装備が整った状態になっていた。

当たり前だが、告死の乙女はその最強種の名の通りに無傷。むしろ脱出行が楽しかったとご満悦な様子だ。

テフランは隣に立つ彼女の存在を不安視しながら、迷宮内で行動を共にした感触から危険は薄いとも感じていた。

（組合《ギルド》に報告にいかないといけない。けどその前に、動く甲冑から剝ぎ取った鎧や剣を調整に預けよう）

馴染みの鍛冶屋にそれらを預けようとすると、少し驚かれた。

「動く甲冑《こいつ》をどうやって倒した。新米どころか、慣れたヤツでも簡単に倒せるもんじゃないぞ」

「そこはその、このお姉さんが助けてくれたんだよ」

「どうして別嬪《べっぴん》さんを連れているかと思えば、随分と羨ましい出会いを迷宮内でしたみたいだな」

からかってくる鍛冶屋の店主を苦笑いでかわし、武具と動く甲冑の素材を預けると、テフランたちは渡界者組合へ向かった。

道中、正体を知らなければ絶世の美女を連れているように見えるため、人々からの視線が痛い。

テフランと彼女の関係を邪推する目。単純に美女を連れていることへのやっかみ。声をかけるチャンスを狙う瞳。告死の乙女の美しさに見惚れる人や嫉妬する者。

そんな様々な視線を理解しつつも、テフランはあえて自覚していないように装って、平然とした態度で組合建物に入った。

ここでも歳若い青年と年上の美女の組み合わせは、居合わせた人たちの目を引く。

しかし、テフランが何日か前から消息不明な新米だと分かった者は、その生還を喜んでくれた。

「よう、罠にかかったマヌケ！　よくぞ生きていやがった！」

「テメエが跳ばされたっていう転移罠の調査で、手練れの奴らも跳んでいったんだが、道々で出くわさなかったのか？」

「戻ってきてそうそうなんだが、そっちの美女は誰だ。紹介してくれよ」

父親の代から知り合いの連中に詰め寄られて、テフランはたじたじだ。

「その報告は親方《おやかた》――じゃなかった、組合長に先にしないといけないだろ。質問に答えるのは、ちょっと待っててくれよ」

「そういや、転移罠でどこに跳ぶかは、最初に親方に伝えないといけないんだったな」

「危険なら閉鎖で、有用なら近道に使うからな。その判断のために、まず親方に報告するのがルールなんだったけか」

笑顔の渡界者たちに見送られ、テフランはまず受付に向かう。

組合長との面会の予約を取ろうとすると、機先を制するように声をかけられた。

「テフランさんが帰ってきたら、すぐに呼ぶようにと言われています。このまま、奥の組合長室までお進みください」

受付職員の顔に浮かぶ仕事上の笑みと興味の視線に見送られて、テフランは告死の乙女を連れて奥へ進む。

組合のトップがいる扉の前で、テフランは一呼吸置く。そして意を決した顔つきで、ノックを三回した。

「組合長、テフランです。転移罠から戻ってきました」

「おおー。早く入れ」

重低音で響く声に導かれて、テフランは扉を開けた。

組合長室の中は、組合長が現役の頃の武具一式が等身大人形《マネキン》にかけられている以外、整理整頓された事務所的な印象が強い。

そこにいる人物は、二人だけ。

片方は、しっかりとした作りの机の向こうに座っている組合長。

名前をアヴァンクヌギといい、愛称で親方と呼ばれている男性。白髪交じりな髪を精油で後ろに撫でつけた五十代で、多少の衰えはあるも頑健な肉体を持ち、仕立てのいい事務服に身を包んでいる。顔の左半分に色鮮やかな魔法紋を刻んでいて、精悍な顔つきもあって威圧感がある。

もう一方は、その隣で書類の束を手に持つ、三十代頃の女性。魔法紋を蔓《つる》に刻んだ眼鏡型の『魔道具』をつけた組合長の秘書で、組合長と私生活でもいい仲だと噂されている人物だった。

アヴァンクヌギは書きかけの書類を仕上げると、テフランを見据える。

「それじゃあ、転移罠に跳ばされてからいままでのこと。特にあの転移罠がどこに繋がっているかや、そっちの美女が誰かは、より詳しく言ってくれ」

アヴァンクヌギの求めに従い、テフランは迷宮に入ってから出るまでの数日間のことを報告していった。

テフランが一通りの報告を終えると、アヴァンクヌギは頭痛を堪えるように額に手を当てる。

「あの転移罠が第四地区まで跳ぶってことは、迷宮の奥を活動場所にしている連中には朗報だ。だがな、そっちの美女が告死の乙女で、そのうえお前の従魔になっている？　そしてそのお陰で、迷宮から脱出できたって？　冗談だとしても笑えねえよ」

テフラン自身、他者から伝えられたら、とても信じない話だ。

それでも、組合長という恐ろしい相手に睨み据えられようと、事実は曲げようがない。

威圧しても言葉を翻さないテフランに、アヴァンクヌギは態度を変えて面白くなさそうな顔になる。

「理解はしてやる。だが、その美人が告死の乙女ってことは、ちゃんと証明してくれ」

「証明って、瞳を見ればわかるでしょ。人間じゃあり得ない紫色ですよ！」

「長い組合の歴史の中にゃ、愛人の目に薬品流し込んで瞳を紫色に変えて『この女は告死の乙女でございい。仲間料金を払えば、おこぼれを与えてやろう』って詐欺を働いた話もあんだよ。瞳の色程度で、おいそれと信じてはやれねえな」

言葉のガラが悪くなってきたところで、スルタリアから注意が入った。

「組合長、素が出てます。もう少し組合長らしい口調に」

「大事な話をしてんだ、黙ってろ！」

怒る組合長に、テフランは困ってしまう。

（瞳以外で、告死の乙女の証明たってどうすればいいんだよ）

どうにか知恵を捻ろうとするテフランの肩に、告死の乙女が手を触れる。

「証明なんて簡単なことです。こうすればいいんです」

彼女は片手を上げると、腕に魔法紋を浮かばせた。

人間が刺青で入れたものとは違う、肌の下から突如浮かび上がった模様。しかも、水面に乗せた絵具のように、刻一刻と形と色を変えている。

腕にある魔法紋を見て、テフランは魔物の群れを焼き払ったあの炎を思い出し、頬が引きつった。

アヴァンクヌギも、疑っていたはずなのに、顔に冷や汗を出している。

「待った！　ここで魔法を使うんじゃねえぞ！」

アヴァンクヌギが取り乱す姿に、スルタリアが驚きの眼を向ける。

「組合長、いったいどうしたのですか？」

「スルタリアは渡界者上がりじゃないから知らねえだろうが。ああいう、模様が変化する魔法紋を持つヤツは、例外なく強力な魔物や魔獣だと相場が決まってんだ。つまりその美女《アマ》は、クソ危ない化け物なんだよ！」

アヴァンクヌギは椅子から腰を上げて、人形に立てかけてあった武器を手に取る。

テフランは危険を察知し、告死の乙女の魔法紋が浮かぶ腕を摑んだ。

「信じてもらえたようだから、もう魔法紋は消しても大丈夫だから！」

「これでテフランが嘘つきと思われなくなったのなら、よかったです」

腕の魔法紋が嘘だったかのように消え去ると、アヴァンクヌギは胸をなでおろして武器を人形に戻した。

「その化け物がお前の命令なら聞くって話も、本当のようだな。しかし、どうしたもんか……」

危険な魔物を新米に預けたままにすることに、アヴァンクヌギは危うさを感じていた。

すると機先を制するように、告死の乙女が言葉で釘を刺してくる。

「テフランと離れ離れにしようと考えているなら、止めてくださいね。暴れますよ」

「だー！　従魔と聞いて、そう言ってくると思ったぜ！」

嘆くアヴァンクヌギに、スルタリアが注意する。

「彼女がテフランくんに向ける瞳は、子を守る母親に感じられます。取り上げようとするなら、野生態から子を奪う以上の覚悟を持ってください」

「あらあら、親子のようだなんて、嬉しいことを言ってくれます」

その言葉が通じているようで通じていない様子に、アヴァンクヌギは天井を見上げた。

「なあ、スルタリア。どうしたらいいと思うよ」

「解決するには、いくつか質問すればいいと思います」

「自信ありげだな。じゃあ、任せる」

アヴァンクヌギの許しを得て、スルタリアはまず告死の乙女に瞳を向けた。

「質問します。あなたは危険が迫ったら、力を使うことを躊躇《ためら》いますか？」

「危険の排除は大事なことです。テフランを守るために必須ですね」

「なら、危険がないとき暴れる気はありますか？」

「テフランが望むのでしたら」

「では、テフランくんが止めるように言えば、全ての攻撃を停止しますか？」

「テフランの身の安全が確実であれば、そのようにします」

一つ頷き、スルタリアは質問する相手をテフランに変える。

「最強の従魔を手に入れて、テフランくんはなにをしたいのですか」

「なにって、渡界者として迷宮に挑むよ。でも、この人の力をあてにする気は、いまのところないかな」

「彼女の力を使えば、国一つを攻め落とすことも、金銀財宝を得ること、女性を侍らすことも可能なのにですか？」

「他人の力を当てにして、何かを手に入れたとして、そのどこが嬉しいんだよ。どんなことも自分の力で成し遂げてこそでしょ。少なくとも、俺は父親からそう教わった」

「従魔の力は、飼い主の力とは考えないんですか？」

「あー、そういう考えもあるか……。主従関係だったとしても、一方的に他人《ひと》の手から渡されたものって、虚しく感じると思うんだけどなぁ」

テフランがひねり出した答えに、スルタリアは目を丸くしていた。

「なんとも、善良というか、真《まこと》の渡界者らしいことを言いますね」

「……俺を馬鹿にしてない？」

「褒めたんです。強大な力を預けても問題のない性根ですと」

スルタリアはテフランに微笑んでから、アヴァンクヌギに向きを変える。

「テフランくんは、人格的に問題はないと認めます」

「この時分のガキは、身の丈に合わない力を得たら暴走しがちなもんだってわかってて、そう言うのか？」

「彼は自分が手に入れた力に溺れることはあれど、他人の威を借るのを良しとする性格ではないようですので」

「……そういう評価なら、従魔が人型ってのも幸いだな」

アヴァンクヌギは考えをまとめるために目を瞑る。

そして数秒後に見開いて、テフランたちを見つめた。

「分かった。お前さんとテフランが一緒にいることは認めよう。だが告死の乙女ってことは、他の誰にも知られないようにしなきゃならねえ。迷宮で一等に危険な存在が町中にいると知れたら、住民が落ち着かねえどころの話じゃ済まねえからな」

　強い視線での提案に、テフランは硬い顔で、告死の乙女は笑顔で首を縦に振る。

　二人が了承したことで、アヴァンクヌギの表情がやや晴れた。

「住民への偽装で、あんたにはテフランの関係者ってことになってもらう。まあ、ちょっと見た目の年齢が離れているから、恋人って線は無理そうだけどな」

「待ってください、組合長。年齢差のある恋人がいないわけではないですよ」

「恋人募集中のスルタリアは、自分の願望は横に置いて考えろ。妙齢の女性と歳若い青年の組み合わせはな、ナンパ野郎を引き寄せやすいんだよ。『若いガキよりも、俺のほうが満足させてやれる』ってバカな考えでな」

「体験がおありのように言いますね」

「俺じゃなく、昔の仲間の一人がな。相手の青年がいいとこの商会の跡取りで決闘騒ぎになってな。あちらさんの代理人が、馬鹿な仲間をバッサリだったよ。お陰で新しい仲間を探さなきゃいけなくなってなあ……」

　アヴァンクヌギの昔語りに、スルタリアは興味なさそうな様子で話題を戻す。

「テフランくんたちの見た目が問題でしたら、親子ということで良いのでは？」

「いや、十四歳の子を持つにしちゃ、見た目が若々しいだろ。でもそうだな……義理の母子にするか。たしか、テフランの父親は迷宮で消息不明だったよな？」

「その通りですけど」

「なら丁度いい。人知れず、その美女と遠い国で夫婦になっていたことにしよう」

乱暴な建前に、テフランは難色を示す。

「そんな滅茶苦茶な理由が通るんですか？」

「地上に開いた全ての出入り口は、迷宮の奥地で繋がってるんだ。テフランの父親が迷子になって、別の国に出てたって変じゃねえよ」

テフランとしては納得し難いものがあったが、あり得なくはない話だとは納得する。

「それで、遠い国で父親とこの人が結婚した後、どうなるんですか」

「結婚してすぐに、また迷宮で消息不明になるんだよ。そんで妻のほうは、話に聞いていた義理の息子を訪ねて、この町にきたって具合だ」

無理やりに聞こえる偽装の背景に、テフランは渋い顔をする。

一方で、告死の乙女はすごく嬉しそうな表情をしていた。

「ああ、テフランと義理の母子の関係になるなんて、とても甘美ですね」

「どうやら、あちらさんは乗り気だぜ？」

「……もう、それでいいですよ」

味方がいなくなったテフランは、諦めの境地でアヴァンクヌギの作り話を受け入れる。

こうして渡界者の青年と告死の乙女は、偽装で義理の母子となった。

（なんだか、大変なことになっちゃったな……）

テフランが軽く現実逃避していると、アヴァンクヌギは企みを思いついた顔になった。

「母親ってんなら、人間らしい名前が必要だな。テフラン、つけてやれよ」

「ええー！　名前って、そんな急に……」

チラリと横を窺うと、そこには期待がこもった告死の乙女の瞳があった。

逃れられないと悟り、テフランは知識の箱を開けて似合いそうな名前を捻り出す。

「えーっと……。俺の父親が教えてくれた物語に出てくる、魔法を使いこなす女傑の名前から『ファルマヒデリア』ってのはどう？」

テフランの尋ねる言葉に、告死の乙女は感慨深げに目を閉じた。

「ファルマヒデリア。はい、私はファルマヒデリアです」

呟くと同時に満面の笑みを浮かべる、ファルマヒデリア。

そこに、アヴァンクヌギから物言いが入った。

「いい名前だが、そのままじゃ母子って感じじゃねえな。愛称をつけて、そのあとに母さんを入れて呼んでやれよ」

「ファルマヒデリアだから、『ファルリアお母さん』って呼べってことですか？」

「――お母さん！　なんていい響きでしょう！」

反射的に返した呼び方に、ファルマヒデリア――ファルリアは大喜び。

その姿にアヴァンクヌギが得意げな顔を浮かべ、テフランは相手が組合長だと知りつつ、可能かどうかも横に置いて、拳を叩きこんでやりたい気持ちになったのだった。

□　□　□

アヴァンクヌギはテフランに、告死の乙女《ファルリア》を従魔にしたという功績と称して、組合が所有する家屋の一つを貸し与える。そのうえ、転移罠の転移先と告死の乙女を従魔にする方法の報告の報酬として、金貨十枚を渡した。

その後で二人を送り出し、静かになった組合長室にて、スルタリアがアヴァンクヌギに冷たい視線を送った。

「組合長。あの二人に家をお与えになるとは、どういう風の吹き回しで？」

アヴァンクヌギは途中だった書類仕事に戻りながら、顔をしかめる。

「わざわざ理由を言わなくても、予想はついてるだろうに」

「組合の財産を勝手に貸し与える理由に予想はついたとしても、ハッキリと言葉にしていただかない事には承服しかねます」

「チッ。そういう点が、お前の嫌なところだよな」

アヴァンクヌギは、テフランが迷宮で体験した事柄を、新たな紙に書きまとめた。

「改めて、この告死の乙女に関する胡散くさい報告を見てみろ」

突き出された紙には箇条書きで――

『絶対に死ぬと思ったので、楽に殺されるために武器を捨てて自分から近づいた』

『怪我した場所が開いて喀血し、告死の乙女に吐きかけた後に気絶した』

『起きたら、なぜか主ということになっていた』

――と書き連ねてあった。

「なあ、これのどこに信用するべきところがあるってんだ？」

「つまり、テフランくんが嘘をついたと？」

「アホ言え。これが馬鹿げた話だってことは、当の本人が自覚してたぜ。ならこの報告は、あいつが記憶している通りでは、その通りなんだろうさ」

「それなら、どんな問題があるのですか？」

「こんな戯《たわ》けた方法で告死の乙女が従魔になるってんなら、なんで他に成功者がいねえんだよ。おかしいだろ」

アヴァンクヌギの指摘に、スルタリアは一考した。

「もしかしたら、告死の乙女が地上で活動するために、あの子を利用しているかもしれない。そのため、監視しやすい場所に置くことにした。ということですね」

「その可能性も含めて、この報告通りの方法で告死の乙女が従魔になるのか確かめる必要がある。その際に従魔に出来なかったら、もう一度テフランから話を聞きたい。そのためには家屋を貸して、居場所を固定する必要があったんだよ」

アヴァンクヌギが語った事情に、スルタリアは驚きで目を見開く。

「本気で、試すんですか？」

「おいおい、一匹で師団規模の兵すら駆逐するといわれる、告死の乙女が手に入る機会だぞ。幸い、告死の乙女が現れ出す第四地区まで跳べる転移罠が見つかって、移動にかかる労力は軽くなっているしな」

「失敗すれば、依頼された人物が確実に死にます。誰にこんな依頼をするのですか」

「借金で首が回らなくなった馬鹿を生贄にする。詳しいことは何も知らせずに、利用すりゃいい。その護衛に優秀なやつらをつけて、成功か失敗かを確認させるって寸法だ」

「依頼を受けるだけで、借金の棒引きを約束するわけですね。なんとも、えげつない」

「このままじゃ借金のカタで、魔法紋の試し彫りに体を売るしかないヤツに、真っ当な人生を送れる最後の機会を与えてやるんだ。それに告死の乙女を従魔にしたら、その日からそいつは最上級渡界者の仲間入りだぞ。まさに、一発逆転の好機じゃねえか」

「命知らずで有名だった組合長の感性を、他人に当てはめないでください」

「ふんっ。いまの奴らが腑抜け過ぎんだよ。俺が新米だったときは、渡界者連中ってのは地底世界を目指す馬鹿どもだったってのによ。いまじゃ、自分の実力から外れねえ安全な場所で小金を稼ぐつまんねえ奴らの集まりに変わっちまってよ」

「いつもの愚痴はその辺にしてください」

スルタリアは冷たい言葉で黙らせてから、次の疑問を尋ねる。

「告死の乙女を従魔に出来た際に、組合が得られる利益が大きいことは理解しました。しかし、人を殺した告死の乙女は、安息地から出て迷宮の通路を徘徊するという噂も聞きます。危険ではありませんか？」

「そうなったときの保険は、テフランの横にいるだろ」

「やはりですか。なんとも腹黒いことで」

「うっせ。家を無料《タダ》で貸してやるんだ。それぐらいしてもらわなきゃ、釣り合いが取れん。って、そうだ。あいつらに監視をつけねえと。口が堅いヤツを選ぶぞ」

「それは承知してます――それより、他の都市や国にある渡界者組合に、この件をどう報告するのかお聞かせください」

「テフランの体験談をそのままじゃなく、罠で新米が少し奥に跳ばされて無事に戻ってきたってぐらいにして、告死の乙女のくだりはオマケ程度に書く。法螺《ほら》話として打ち捨てられることを見越してな」

「オマケって。『青年の窮地を救ったのは、告死の乙女を自称するイカレ女だった』とでも記す気ですか？」

「いいな、それ。報告書に使わせてもらおう」

アヴァンクヌギはいそいそと書類作りに入り、スルタリアはため息をつきながらその作業を見守りつつ書式に助言をしていった。

そうして作られた報告書は、魔法紋が刻まれた本形の魔道具によって、この世界にある全ての渡界者組合へ伝えられた。

アヴァンクヌギの予想通り、告死の乙女の従魔化に注目した者は皆無に近かった。

□　□　□

テフランは窓から差し込む朝日で目を覚ました。

そして柔らかいベッドの感触で、軽く混乱する。

（いつもの宿屋じゃない——って、組合長が家を貸してくれたんだった……）

ベッドに体を沈め直すと、昨日この家に入ったときのことを思い出した。

（安心して寝落ちしちゃったんだ。それでよく、ベッドで寝られているな）

不可思議さを感じかけて、窓から流れ込んできた冷気に身を震わせた。

そこでテフランは、自分が下着一つの姿で毛布に包《くる》まっている事実に気付く。

（いつもは、裸で寝たりしないのに？）

不可解さに眉を寄せ、部屋の中を見回す。

板張りの室内はかなり広く、テフランの身長以上もある簞笥《たんす》が備え付けてあった。

（ずいぶん、上等な家を貸してくれ――）

組合長の気《き》っ風《ぷ》の良さに感じ入りながら、寝返りを打とうとして、温かい『なにか』に手が触れる。

それはテフランが寝ているベッド、そして同じ毛布の中にあった。

嫌な予感がして、テフランはゆっくりと毛布をめくる。

触っていたものとは、従魔であるファルリアの腕だった。

（なんで同じベッドに?!）

混乱するテフランをよそに、横向きのファルリアは幸せそうな寝顔をしていた。

窓から差し込む陽光で、閉じた目蓋にある長い睫毛と、ベッドに広がる滑らかな頭髪は金色に、艶やかな肌は白く輝いている。

美人画から抜け出たような姿に、テフランは驚きよりも感動に近い感情を抱いた。

そんな非現実感から、実在を確かめようとして、つい手が伸びる。

テフランの手の動きに、捲れた毛布がつられて連動し、ファルリアの肌の上を滑った。

ファルリアの肩が露わになり、さらには脇や腕、そして豊かな丸みを誇る乳房のおおよそすべてが、光の下に現れる。

そこには、彼女が着ていたはずの青い布の存在はない。よくよく観察すれば、かけられた毛布に艶めかしい女体の造形が、ありありと形作られていた。

つまりファルリアは、全裸の状態で同じベッドに寝ている。

衝撃の事実に、テフランは酷く慌てた。

触れかけていた手を引っ込め、急いで体を離そうとして縁に手をつき損ね、ベッド脇に落下する。

「おおわわわわっ——どあっ?!」

後頭部を床に打ち付けて痛みに呻く声が上がると、ベッドが軽く軋んだ音がした。

テフランが涙目で見上げると、上半身を起き上がらせたファルリアが、瞳を柔らかく開いて見つめていた。

「おはようございます、テフラン。ベッドから落ちるなんて、元気な寝相をしているんですね」

あまりにも自然な挨拶に、テフランもつい素で返事をしてしまう。

「うん、おはよう——って、どうして一緒のベッドに寝てたんだよ！　しかも、そんな格好で！」

当然の疑問を口に出すと、ファルリアは目をしょぼしょぼさせながら、首を傾げた。

「テフランが玄関で寝落ちしてしまいましたから、抱えて寝室に運んで、それから一緒に寝たからですよ～？」

告死の乙女でも寝ぼけるようで、通常よりふんわりとした言葉遣いだった。そして首を傾げた動きで毛布がずれ、危ういところで胸の頂点に引っかかって止まった。

テフランは、落ちそうな毛布に釘付けになりかけた目を逸らすと、自分の下着一枚の体に手を当てる。

「じゃあ、俺が半裸になっているのって」

「汚れていた体を清めるために、私が脱がせたからですね」

ファルリアはベッド脇にあるサイドテーブルに手を伸ばし、汚れがついた手ぬぐいを持ち上げ、かかっていた毛布が再びずれる。

大きな乳房が全て白日の下に現れそうになり、ファルリアが毛布を手で引き戻した。

テフランは、ハラハラとドキドキが内在した気持ちになりながら、ファルリアの体に指を向ける。

「じゃあどうして、あんたは裸――」

言葉の途中で、ファルリアの眉が少し上がる。

「メッですよ。私のことは、ファルリアお母さんと呼んでください」

「呼び方とか今は――」

「ダメです。ちゃんと呼ぶんです」

急に頑なになったファルリアに、テフランは困惑してしまう。

「えっと、ファルリアお母さん、って呼べばいい？」

「はい。なんですか、テフラン」

母と呼んだ途端に浮かんだファルリアの満面の笑みに、テフランは赤面してしまう。

なにせ相手は、男性なら十人中十人が見惚れてしまうほどの美女。そしてテフランは、母なし子で得られなかった母性を無意識で求めているため、年上の女性に極度に弱い。

つまり、好みのど真ん中な容姿のファルリアに嬉しそうに微笑まれて、テフランは見惚れてしまったのだ。

しかしながら、頭の片隅で相手は人間じゃないという意識があったお陰で、思考能力が復帰するのは早かった。

「ファ、ファルリアお母さんも、どうして裸で寝ていたんだよ」

「私の服も汚れてましたし、毛布と衣服が擦れる感触が気持ち悪かったので、一糸まとわぬ姿になることを選択しました」

「だからって、裸の男女が一緒のベッドで寝るって、問題があるでしょ！」

「あらあら。母と子なら、同じ褥《しとね》で眠ることは当然ではありませんか？」

「うえ!?　それはそうなの、かな？」

母がいない身のテフランには、ファルリアの主張の正否が分からなかった。

ファルリアはベッドの上を移動すると、悩むテフランの頭をその豊かな胸中に抱き寄せて埋めた。

「やましいことなどなかったのですから、なにも気にする必要はありません」

優しい声色でテフランの背中を優しく撫でる姿は、幼い子をあやす母のよう。

だが、ファルリアは当世一の美女かつ、ベッドを移動した際に毛布が取れて、裸体を露わにした赤の他人。

女性への免疫が薄い多感な青年《テフラン》が、豊かに丸い二つの乳房から地肌の熱が直接的《ダイレクト》に伝わる状況に、耐えられるはずがなかった。

テフランの脳は現状を処理しきれずに、意識を断絶させる決断をする。

「はぅ――きゅぅぅ～……」

「あらあら。抱きしめたら安心して、眠ってしまったのでしょうか？」

呆気なく気絶したテフランを、ファルリアは谷間のさらに奥へと押し込みながら、その頭を愛おしそうに撫で続ける。

少し経って満足した彼女は、テフランをベッドに寝かせ直す。そして自分はベッドから立ち上がって箪笥に歩み寄った。

扉を開き、衣服の汚れが消えている青い布を取ると、自分の裸体へ巻き付ける。

そして身支度を万端整えてから、テフランが気絶から復帰するまでの時間を、その寝顔を見続けることで消費したのだった。

テフランは遅い朝の時間帯に目を覚ますと、赤い頬の顔に不機嫌な表情を張り付けて、町中に繰り出した。その後ろを、ファルリアが微笑ましそうについていく。

テフランは、ファルリアの楽しそうな笑顔が癪だった。

「……なんで笑ってんだよ」

「いえ。可愛らしいなって、感じてしまいまして」

「男に可愛らしいは、誉め言葉じゃないから！」

少し語気を荒らげるが、ファルリアはどこ吹く風。むしろ微笑みを強めて嬉しそうだ。

テフランはやり難そうに頭を掻いてから、一軒の食堂へ入った。

「ここで飯を食ったら、あんたの――」

「ファルリアお母さん、ですよ」

間髪を容《い》れない訂正に、テフランは言い直す。

「――ファルリアお母さんの服を買いに行くから」

「あら。これでよくはありませんか？」

体に巻き付けた青い布を指で軽く引っ張る姿に、テフランは呆れた。

「そんなゆったりした隙の多い服を着ていたら、娼婦と勘違いされるって」

受け答えしながら席に着くと、すかさず店員――赤髪を後頭部でひとまとめにした、顔にソバカスのある、体の起伏が乏しい若い女性が近寄ってきた。

テフランと同年代の彼女は、人好きのする笑みを浮かべる。

「いらっしゃい、テフラン。今日は仲間とじゃなくて、こんな美人さんと一緒だなんて、いったいどうしたの」

明け透けな態度と同じ年代、そして見た目が少年と変わらないということもあって、テフランはこの店員には苦手意識がない。

「色々と複雑な事情があるんだよ。詮索すんなよ、キレナ」

「はいはい。渡界者さまは、秘密が多いことで。それで、何にする？」

「いつもの通りに、労働者定食」

「馬鹿ねえ。それしか頼まない、あんたの注文なんて聞いてないわよ。初めてのお客さんの美人さんに聞いているの」

「私ですか？」

キレナの言葉に、ファルリアは驚いてから、困って眉を寄せた。

「申し訳ありません。どのように注文すればいいいか、わからないんです」

「お客さんはいいところの生まれっぽいからね。渡界者みたいな荒くれ者専用に近い、こんな食堂の類には来たことないんでしょ」

言葉は辛口だが、キレナの顔には嫌みのない笑顔だけがある。

テフランは頬杖をついて、ファルリアの出身――というよりは正体について語ることを拒否した。

ファルリアも同調し、微笑みだけを返す。

キレナは気にした様子もなく、注文の仕方を教えてくれた。

「どんなものが食いたいか言ってくれれば、キレナのお父さんが美味しい料理を作るよ。心配しないでいいよ」

「そうなのですか。ですが、食べたいものと言われましても……」

ファルリアが本気で困っている様子なので、テフランは思い付きを口にする。

「女性にウケそうな料理を出してくれ。遅い朝食ってことも加味してくれよ」

「それなら、新鮮な野菜があるから、サラダをドレッシング別添えで。あとは、白スープかな。値段が、このぐらいになっちゃうんだけど、いいかな？」

キレナは人差し指から薬指までの三指を、それぞれ何度か親指にくっ付ける仕草をした。この界隈で使われる、支払金額を伝える動作である。

示された値段に、テフランは片方の眉を大きく上げた。

「定食の倍近く高いな」

「当たり前でしょ。生で食べられるほど新鮮な野菜なんて高級品、労働者定食に使われる保存食と比べないでよ」

注文するのかと視線で問われて、テフランは予想外の出費に悩むも、最終的にはその料理を頼んで料金を支払った。

元来ケチなテフランが高額な料理を他人のために頼むなど、滅多にあることではない。

だが、昨日組合から多量の報酬を得て懐が暖かいことと、ファルリアには迷宮の帰路で命を助けられたので、融通を利かせる気になったのだ。

ほどなくやってきた料理を、二人して食べていく。

テフランが頼んだ労働者定食は、傷む寸前の保存食を香辛料と調味料で濃い味付けにした大盛り料理。そこに、硬くボソボソな食感の大きな灰色パンが載った一品。

ファルリアには、水気の多いサラダに新鮮な油で作られたドレッシング。粉にした穀物をバターで炒めて、出汁で延ばしたスープが置かれている。

テーブル上の取り合わせとしては不似合いな両者の料理だが、当人たちはどちらも美味しそうに食べている。

それぞれ半量食べ終えたところで、二人はお互いの料理に興味を示した。

「ちょっとその白いスープ、飲ましてくれない？」

「では私も、その料理を一口くださいね」

交換が成立し、テフランがスープ皿に手を伸ばそうとしたところで、目の前にスプーンが差し出される。

もちろん握っているのはファルリアで、スプーンに入っているのは、白いスープだ。

「もしかして――」

「はい、どーぞ」

口元にスプーンが近づいてきて、テフランの脳内は大混乱になった。

（恥ずかしいと拒否するか？　いや、ファルマヒデリアは呼び方一つに拘る性格だ。俺が食べるまで、差し出し続けるに違いない）

瞬間的ながらも深刻に葛藤した後で、テフランは頬を赤くしながらも、自分から大口を開けた。

ファルリアは受け入れられたことが嬉しくて、慈母の微笑みでスプーンをテフランの口に差し入れる。

テフランは口を閉じて味わうも、本来なら美味さに驚く白スープでも、混乱の極みの舌では味がわからない。

ともあれ、テフランにとっての試練は終わった――かと思いきや、続きがあった。

「では、お返しをくださいね」

言い終わるや、ファルリアは「あーん」と自分の口を開けた。

突如晒された、絶世の美女の唾液に濡れる口内に、周囲の男性たちの目が釘付けだ。

テフランは周囲から見られている羞恥で顔を真っ赤にしながら、労働者定食を一口分だけ木のフォークで刺す。そして、濡れた造形すら美しいと思わせる口内へ、ゆっくりと入れた。

ファルリアの口が閉じられ、その歯が料理をフォークから抜き取る感触がしてから、テフランは手をゆっくりと引き戻す。

自分の別の唾液に濡れるフォークにテフランが困る中、ファルリアは労働者定食を吟味していた。

「私にとっては、味が複雑かつ濃過ぎますね。あまり量を食べると、気分が悪くなってしまいそうです」

「そうなんだ。サラダや白スープだと、大丈夫なんだよね？」

「これらの淡いながらも整った味の料理は、とても美味しく感じられます」

「それはよかった。食べられないものを、無理に食べることはないもんね」

フォークの扱いを迷わせながら、テフランは受け答えを続けた。

その最中、二人の机にキレナが近寄り、新しいフォークを差し出してくる。

テフランがハッとして顔を向けると、訳知り顔での頷きがやってきた。

（なんだよその顔。キレナのくせに）

面白くないと感じながらも、テフランはファルリアの唾液がついたフォークと新しいフォークを交換する。

その後、テフランは定食をかき込むように食べ、ファルリアが食べ終わるのを待ってから、周囲の好奇の視線から逃げるように食堂を去ったのだった。

大通りから枝道に入ってすぐの場所に、テフランが武器と鎧を仕立て直しに預けた鍛冶屋がある。

そこで預けたものを受け取ってみると、テフランのために一から誂《あつら》えたかのような、上半身鎧と片手剣に調整されていた。

支払いは、調整の際に出た余剰部分と動く甲冑から得たその他の武具で行うと、あらかじめ話がついている。

「それだと、ちょっと貰いすぎだからな。ほれ、つり銭だ」

「ありがとう。それで、ちょっと相談なんだけど」

テフランがファルリアに似合いそうな服を売っている場所を尋ねると、鍛冶師は訳知り顔で頷いた。

「その別嬪さんには、生半可なものじゃ服が負けちまうぞ。そうさなあ、あの店がいいだろう」

鍛冶師から教えてもらった服飾品店に行ってみると、新米渡界者には縁遠い、主に受注生産の高級品を扱うところだった。

気後れはするものの、テフランは腹を決めて扉を一気に開くと、勇ましい歩調で店内に侵入した。

店員たちは、新米と見た目で丸わかりなテフランに冷ややかな視線を向けるが、続いて入ってきたファルリアを見て態度を一変させた。

「ようこそいらっしゃいました。当店は様々な職人と繋がりがありまして、渡界者さまの装備も整えることもできますよ」

二人を渡界者と見ての売り文句を受けて、テフランは資金が詰まった革袋を差し出す。

「これで、この人――ファルリアお母さんに似合う服と装備を買いたいんだ」

「え、ええ、はい。かしこまりました」

テフランが支払うとは思ってなかった表情で、店員は革袋の中身を検める。

そこには組合長が渡した報酬の大半と、先ほど鍛冶屋で受け取ったおつりの全てが入っていた。

銀貨だけでなく金貨もある中身に、店員は一瞬だけ驚きを表したが、すぐににこやかな表情に整える。

「ご用命、承りました。普段着と迷宮に耐えるものということで、よろしいですね？」

「それ全部使っていいから、ファルリアお母さんと相談して決めて」

「承知いたしました。では、お母様をお預かりいたしますね」

店員に誘《いざな》われて、ファルリアは店の奥へと連れて行かれた。

ここが食い詰め者が集まる一画なら、店員に人を預けるなんて危険だろう。しかし高級店では、テフランが見張る心配は要らない。

（むしろファルマヒデリアに変なことをしたら、この店が吹っ飛ぶんじゃないかな）

ファルリアの戦闘力を知っているため、テフランはそんな心配をしながら、他の店員が供してくれたお茶とお菓子を口にする。

店員が他にもと売り込んでくる言葉を聞き流しているうちに、ファルリアが新しい服を着て戻ってきた。

肩だしの白いブラウスに、肘まである長手袋。そしてトーガ状の布を仕立て直したと思わしき青い長スカートと、丈夫そうな黒い靴という姿に変わっていた。

「テフラン、どうでしょうか？」

ファルリアがくるりと回ると、スカートが浮かんで生足が覗く。そして肩甲骨周りの生地のないブラウスだったために、真っ白な背中がよく見えた。

テフランは目を見開くと、お茶のお代わりを注いでくれていた店員に顔を向ける。

「背中の生地がないのって、代金が足りなかったわけじゃないよね？」

「あれはデザインです。あの上に肩掛けをして、他者の目に肌を晒さないようにすることが最新の流行なんですよ」

「なんでわざわざ、布地を取っ払うんだか。女性の服って、わけが分からないよ」

テフランは難しい顔をしかけて、ファルリアが不満そうにしていることを察し、思考を素早く切り替えた。

「すごく似合ってる。思わず見入っちゃって、この人に確認を取っちゃったよ」

「まあ、テフランったら。お世辞が上手なんですから」

言葉一つで、ファルリアの表情が喜色に変わった。

隣の店員が「よくやりました」と褒めてきたことに、テフランは「ほっとけ」と小さく返す。

そのやりとりの最中に、ファルリアを奥へ連れて行った店員が戻ってきた。

「あの、お坊ちゃま——」

「俺の名前はテフランだ。坊ちゃんってガラじゃない」

「——失礼しました、テフランさま。お母様の要望を聞きながら、渡界者らしい装備を整えようとしたのですが」

「問題が起きたの？」

「それが、鎧や武器などは不必要だと仰ってまして。その分の代金を、貴方さまが喜びそうな別の服飾を買うことにあてたいと」

店員の言葉に、テフランは思考を巡らす。

「ファルリアお母さんがそれでいいって言うなら、そうしてくれていいけど。ちなみに、魔法使いってどんな服装をするんだか知ってます？」

「魔法使い、ですか。お母様は、真っ新な肌でございましたが？」

告死の乙女の魔法紋は、刺青を施す人間とは違って、使用するときだけ浮き上がる。

テフランはその違いを思い出し、ファルリアの正体を明かすわけにもいかないので、どう言い訳したものか頭を悩ませた。

「えーっと、ファルリアお母さんは、そう、魔法使いになる予定なんだ。だから、鎧や武器は要らないって言いたかったんだ」

「そういうことでしたら、魔法使いの方々は鎖帷子の上に、普段使いができる服装を被せていることが多いです。目が細かく丈夫な物を、ご用意いたしましょうか？」

その程度の防具なら、どんな魔物よりも強力な告死の乙女には不必要だと、テフランは判断した。

「他に当てがあるから、今日は渡した代金分、ファルリアお母さんが気に入る服を何着か選んでよ」

「そうですか。では、なにかご入用の際は、再び当店をご利用くださいませね」

店員は少し怪しんだものの、要求通りに普段着の選定に入る。

これで一安心とテフランが気を抜いたところで、ファルリアに腕を取られた。

驚いて見上げると、満面の笑みがそこにある。

「店員さんが、どうせならテフランの好みのものを選んだほうがいいと言っていたんです。ですから、こっちにきてください」

嬉しそうに言われて、テフランは鼻白んだ。

(余計な提案をしてくれて。でも、服を選ぶぐらいはいいか)

テフランはファルリアに引っ張られるがまま、売り場の中を移動する。

到着したのは、服飾品でも他人には大っぴらに見せない服——下着売り場だった。

細かいレースがあしらわれていたり、一部分以外が透けて見えていたり、逆に局所部の生地がなかったりといった下着が、棚に置かれたり人形に被せられて売られている。

日常では見る機会のないものが、当たり前のように陳列されている光景が衝撃で、テフランは呆然と立ち尽くしてしまった。

しかしファルリアは容赦なく腕を引いて、下着売り場の一角へと連れて行く。

するとと待ち構えていたように、先ほどとは別の店員が何着かの下着を手に、笑顔で立っていた。

「お母様のサイズに合うものを、いくつか選んでおきました。ささ、選んであげてください」

「どうです、テフラン。どれが私に似合いそうですか？」

ファルリアは、服の上から上下の下着を当てた姿を見せてくる。

それを見て、テフランの顔は真っ赤になってしまう。

（ファルマヒデリアはちゃんと服を着ているし、下着だってこの売り場にあるものだ。それなのに、なんでこう気恥ずかしいんだよ……）

理性では不可解と分かっていても、思春期特有の感性は従ってくれない。

それどころか、店員が持つ下着をファルリアに投影するような錯覚さえ抱かせてくる。

邪な想像を頭を振るって追い出していると、店員が笑顔で近寄ってきた。

「女性に下着を選んであげることは、恥ずかしいことではありません。なによりお客様は、親子なのでしょう？」

痛いところを突いてきた店員に、テフランはその親切然とした笑顔の奥で、意地悪い笑みが浮かんでいる幻視をしてしまう。

しかし楽しんでいるファルリアを見ると、迷宮でのお礼にこの店に連れてきた手前、逃げ出すことはできないと覚悟した。

「わかった。選ぶから、ちゃんと見せて」

「はい。最初は、これです。どうですか、似合いますか?」

こうして始まったのは、店の下着を全て試すかのような、膨大な下着のどれが似合うかの品評だった。

テフランは真っ赤な顔になりながらも、生真面目に一着一着を真摯に見比べ、どれがファルリアに似合うかを選んでいく。

時間が経ち、精根尽き果てる寸前で、どうにか数着の下着を決定することができた。

(これで、終わった……)

心身ともにぐったりするテフランに、店員から無慈悲な言葉がやってくる。

「それでは、実際に試着した姿を見て、最終判断いたしましょうね」

「……本気で言ってる? 俺に苦痛を味わわせたくて、意地悪してないよね?」

「これは大本気です。実際に肌に合わせてみないことには、体型と肌色に似合うかはわかりませんよ」

「そういうことですから、もう少し付き合ってくださいね、テフラン」

ファルリアも乗り気で、テフランは諸手を挙げる降参の気分だ。

（もう、どうにでもしてくれ……）

そうした諦めの境地で試着室に赴いたものの、ファルリアが披露する下着姿から、美麗な肉体に華美な下着を合わせる威力を思い知る羽目になる。

詳しく言えば、女性に免疫が薄いテフランには刺激が強すぎて、性的興奮と思春期的気恥ずかしさが限界値を突破し、覚悟に反して逃げ出そうとしてしまったのだ。

しかし第一歩を踏み出すより、ファルリアと店員の手が伸びるほうが先で、結局のところ逃げることはできずに終わる。

その後は、テフランの心が摩耗しきるまで、服と下着選びに付き合わされることとなったのだった。

二章　義母のいる日常

テフランとファルリアは一度家へと戻って服を仕舞った後、残った資金で道具屋にて素材入れ用の鞄《かばん》を購入してから迷宮に入っていった。

目的は、テフランの仕立て直した鎧や武器の具合を確かめること。

手ごろな弱い魔物を探し、迷宮の出入り口付近の第一地区——洞窟に似た壁のある通路を進んでいく。

ほどなく、日用道具に昆虫の足が生えたような姿をした『道具虫』と呼ばれる魔物と遭遇した。

新米なら薪雑把《まきざっぽう》で、熟練者なら己の手足で倒せる、そんな敵だ。

（試し斬りには、ちょうどいいな）

早速テフランは、剣を鞘から抜こうとした。

その直前、ファルリアが魔物へ人差し指を突きつけ、手袋を透過する魔法紋の光が浮かぶ。すると荒れ狂う魔法の風が発生し、道具虫は哀れなほどにズタズタになった。

魔物の破片が通路に撒き散る光景に、テフランは剣を抜きかけた姿のまま、ファルリアを見る。

「迷宮に入る前に、剣や鎧の具合を確かめるって目的を教えてたよね？」

問いかけると、ファルリアは頬に片手を当てて困った顔になる。

「テフランが剣で戦う必要はありません。私《わたくし》が魔法でお守りしますから」

幼子のやんちゃを優しく叱る母親のような口調に、テフランは少し腹を立てた。

「迷宮の第四地区から戻ってくるとき、俺はファルリアお母さんの力をあてにしたよ。そのときの印象から心配してくれるんだろうけど、ここ第一地区では要らない世話だから！」

少し強い口調で言うと、ファルリアは目を伏せて悲しそうにする。

「テフランが危ない真似をすることはないんです。魔物なら私が倒しますから」

「あのね。俺は実力をつけて、地底世界に到達することが夢なんだ。他人の力に、おんぶに抱っこは嫌なの！」

「夢の話は理解しています。でも私は、テフランの義母であり従魔です。いわば、私の力はあなたの力。他人の力などと、悲しいことは言わないでください」

「だからー！　俺は自分の実力で夢を叶えたいんだって。ファルリアお母さんの力に頼ったら、意味がないんだよ！」

「こうまで言っても、私がテフランの心配をしていることが伝わらないのですか」

「心配してくれているのは、十分にわかっているって。でも、実力をつけるために多少の危険はしかたがないんだよ。なんでわかってくれないかな」

「ふんっだ。いいです。もう手出しなんてしません。テフランの頑固者」

へそを曲げて顔を背けるファルリア。

テフランのほうも、自分の目標を理解してくれない苛立ちを募らせる。

「それは願ったり叶ったりだ！　もう邪魔すんな！」

「邪魔しませんよーだ。知りませんからねー」

若干険悪な雰囲気になりつつも、結局は二人で通路を移動していく。

テフランは弱い魔物を相手に、新しい剣を使う勘所を摑もうと試みる。

その際、ファルリアは先ほど言ったように手出しをしてこない。

だが、テフランが魔物と戦おうとするたびに、ハラハラとした表情を浮かべ、魔物が倒されるたびに露骨なまでに安堵する。

まるで、息子の心配をする母のように見えた。

しかしテフランにとっては、真実の親子ではないこともあり、ファルリアの行動が奇異に感じられてしまう。

(俺の父親だって、こんな過剰に心配をしてくれることなんてなかったし)

テフランは不愉快さを感じているが、ファルリアの感情に嘘はないとも直感している。そのため、あれ以上口喧嘩をしようとは思わない。

それどころか、ファルリアが心配し通しな態度を続けることに、段々と意地を張り続けることは間違っているんではないかとさえ考え始めた。

（最強種なファルマヒデリアにとったら、俺なんてヘッポコを通り越して赤ん坊みたいな存在に見えるに違いないし）

テフランだって、迷宮に赤ん坊がいれば心配して助けに入るだろう。その赤ん坊に泣かれて抗議されたとしてもだ。

そう考えを改めると、先ほどの自分の言動は、ファルリアに対して失礼なもののような気がしてきた。

新たに出会った魔物を倒し、魔法紋がある部位を切り取って鞄に収めたのを切っ掛けに、テフランは再び話をすることにした。

「ファルリアお母さん、ちょっといい？」

「はい。なんでしょう」

言葉を返すファルリアは『私、怒ってます』と言いたげに、少し顔を背け気味だ。

テフランは困って後ろ頭を掻くと、言葉を探しながら喋っていく。

「さっきは言い過ぎたよ。心配してくれること自体は、俺だってありがたいんだ。だけど、少しは俺の力を信用してよ」

「……迷宮の奥で、魔物相手に死にかけていたのにですか」

厳しい意見に、テフランは苦笑いしかできない。

「そう言われちゃうと、厳しいものがあるけどさ。あれだって、ファルリアお母さんのところまで逃げるぐらいは、俺にだってできるって証明でもあるよね」

聞きようによっては情けない主張に、ファルリアはつい笑ってしまう。

「ぷふっ。なんですか、自慢にならないことを大真面目に言って。ふふふっ」

頑なな態度を保とうとして失敗したことで、ファルリアも意固地な態度は止《や》めにしたようだ。

つられて、テフランの表情も柔らかくなる。

「逃げ足に自信があるってのは、たしかに褒められたことじゃないけどさ。俺だって捨てたもんじゃないいって、わかってはくれたでしょ」

「はい、わかりましたよ。それでは私は、テフランが『助けてくれ』って逃げてきたときに、守ってあげるようにすればいいんですね」

「むぅ。なんだかトゲのある言い方に聞こえるけど。とりあえず、それでいいか」

こうして取り決めが出来ると、テフランは弱い魔物相手に伸び伸びと戦えるようになり、ファルリアは心配しつつも信頼を込めた視線で見守れるようになった。

剣の試し切りにしては少し長く迷宮に滞在した二人は、鞄の容量の半分ほど集めた魔物の素材を換金しに、組合《ギルド》へ向かったのだった。

換金した食堂にて食事を取った後、二人は家に戻った。

後は寝るだけと、テフランは寝室に向かおうとする。

だがその前に、ファルリアに肩を掴まれた。

「テフラン。どこに行く気ですか？」

「寝室だよ。それ以外に、夜にどこに行くって言うんだよ」

「ダメですよ、汚れた体で寝室に入るなんて。それに身綺麗にしたほうが、ゆっくり眠れます」

「うげー。日が落ちた後に、井戸で水浴びをしろって？」

ただでさえ、井戸水は冷たい。日の暖かさのない時間に浴びようものなら、体が芯まで冷えてしまう。

水浴びを嫌がるテフランに、ファルリアは呆れ顔を返した。

「なにを言っているんですか。この家にはお風呂場があるんですから、そこで体を洗うに決まっています」

風呂という単語を耳にして、テフランは首を傾げた。

「なんでそんな高価なものが、この家にあるんだよ」

「この家は組合が所有する物件ですから、そのぐらいの資金は出せるんですよ、きっと」

少しトゲのある言葉に、テフランはファルリアの唇を手で塞ぐ。

「ちょっと。ここには俺たちしかいないけどさ、滅多なこと言わないでよ」

ファルリアは理解を示した後でテフランの手を口元から外し、そのまま握手のように握る。

「組合のことより、お風呂です。お風呂に入りましょう！」

「ちょ！　うわっ、引っ張る力が強いな、もう！」

テフランはなす術なく、ファルリアに引っ張られていく。

家の風呂場はタイル張りされた小さな部屋で、二人は入れそうな大きな陶器製の湯船《バスタブ》が一つだけあり、その近くに石鹸がいくつか置かれてあった。

公衆浴場とは違う装いの一軒家の風呂場は、テフランには奇妙に映る。

「部屋を一つ、このためだけに使い潰すなんて贅沢な」

「変なことを言っていないで。ほら、装備を外して服を脱いでください」

「服って――えっ？」

テフランはファルリアに顔を向けて、すでに長手袋とスカートを脱いでいる姿に身動きを止める。

そして我に返り、顔を背けた。

「ちょっと、なにしてるんだよ！」

「お風呂に入るために、服を脱いでいるんですよ？」

「そうじゃなくて。第一、湯船にお湯どころか水すらないのに、服を脱いでどうするんだよ！」

テフランの指摘は正しく、湯船は水気が一切ない乾きっぷりだった。

しかし、ファルリアは余裕の微笑みを浮かべる。

「そうですね。まずは、お湯を張ってしまいましょうか」

スカートを取り払った格好で、ファルリアは湯船の側にしゃがみ込む。ノースリーブのブラウスの裾が上がり、大きく形の良い臀部と、それを覆う下着が現れる。

自身が服飾品店で選んだ下着が見事なお尻を包んでいるという、青少年には刺激の強い光景に、テフランの顔は真っ赤だ。

そんな様子を知ってか知らずか、ファルリアは上半身を前に倒してお尻を突き出すような格好になり、空の湯船に片手を入れた。

「Ｒａａａａａａａａー」

軽い歌声と共に腕全体に魔法紋が浮かぶと、手のひらからお湯が大量に出てきた。

湯船から湯気が立ち、風呂場の中に靄がかかる光景に、テフランは赤面を忘れて呆れてしまった。

(告死の乙女の魔法って、なんでもありなんだな)

人間が扱う魔法紋は、その模様が意味する魔法しか使えない。そして体に魔法紋を彫る関係で、使える魔法はどうしても限られてしまう。

そのため『お湯を出す』なんて、意味のない魔法を使おうとする人間は存在しない。

一方で、体に浮かぶ魔法紋が流動的に変化する告死の乙女だと、魔法は生活を豊かにするための一手間ぐらいの意味しかないように見える。

(やっぱり、人間の常識外の存在なんだよな……)

テフランが認識を新たにしている間に湯が張り終わり、ファルリアは脱衣を再開していた。そして、あっという間に一糸まとわぬ姿になる。

「ほら、テフランも服を脱いでください」

恥ずかしさもなく全裸で迫ってくるファルリアに、テフランは思わず退《しりぞ》いた。

「さ、先に入りなよ。俺は後で入るからさ」

「ダメです。私よりテフランのほうが汚れているんですから、先に入ってくれないと困ってしまいます」

「俺が先に入るんなら、服は脱がずに待っててよ！」

「なにを言うんですか。服を着てお風呂に入ったら、折角テフランから頂いた服が傷んでしまうじゃないですか」

腰に手を当てて怒り口調のファルリアを見て、テフランは嫌な予感がした。

「もしかして、俺と一緒に入るつもり？」

「当たり前です。どうせテフランのことですから、湯船にざっと入っただけで終わらせるに決まっています。ちゃんと洗えているか見るためにも、私が一緒にお風呂に入ることは必須です」

力強い断言に、テフランはつい言い淀んでしまう。

「で、でも、男女が同じ湯船に入るのって――」

「つべこべいうなら、こうです！」

全裸のファルリアの全身に魔法紋が浮かぶ。

女性的に豊かなファルリアの肢体。その肌に蠢き、形を変える色とりどりの魔法紋。

その姿は、倒錯的なファルリアの肢体、危うい魅力を発揮している。

蠱惑的な誘引力に目を奪われたテフランから、なぜか装備品がひとりでに外れて落ちた。すると服も、透明人間が行っているかのように、体から脱げていく。

すっかり全裸になってしまったところで、テフランは遅まきながらに我に返り、露わになっていた股間を手で隠した。

「これって、魔法で強制的に脱衣されたってこと?!　魔法の無駄の極致だよ！」

「無駄じゃありません。こうしてテフランを湯船に入れることに役立っています。そして——てやっ！」

「うわわわっ?!」

ファルリアが魔法紋が輝く手を動かすと、テフランの体が宙に浮いて移動を始め、湯船の上で止まる。

（ま、まさか——）

予想通りにテフランは湯船の中に落とされ、お湯が頭から足先まで絡んでくる。比喩ではなく、魔法で操られたお湯が体を拘束しようとしているのだ。

「げほげほっ。ちょ、気管にお湯が——」

「はいはい、溺れさせたりはしませんから、体を洗っていきましょうねー」

「待って、うわ、変なところ触らないで！　というか、色々と当たっているって！」

ファルリアは楽しそうに素手に石鹸をつけて泡立てると、湯船の中で身動きできないテフランを洗っていく。

「ほらやっぱり、ちゃんと洗えてなくて、汚れが溜まっている場所がありましたー♪」

その手つきは優しく、洗われ心地は天上の安寧のごとき気持ちよさがあった。

しかしファルリアが熱心に洗う際に、女性特有の肉体の柔らかい手や腕の感触が走り、顔が埋まるほど豊かな乳房が形を変えるほどに押し付けられてくる。

意識すまいと思えば思うほど、テフランの体は気持ちよさを自動的に感じとろうとしてしまう。

（これは、大変なことになった！）

青少年的には拷問に近い洗われ方に、テフランの頭は湯の温かさも手伝って急速にのぼせてしまう。

回り出した視界と歪む景色に、段々といま起こっていることが現実ではない気すらしてくる。

テフランが意識がぼんやりして大人しくなると、ファルリアはより大胆な手つきと動きで洗い始める。手だけでなく全身を使って洗っているのではと、誤解してしまいそうな、熱心さだった。

他の男性なら涙を流して悔しがる光景でも、女性の免疫が薄いテフランには、意識を保つ耐久試験のようにしか感じられない。

(少しでも早く、終わってくれ……)

助けを求めるように願った瞬間にテフランの頭が、後ろから抱き着いてきたファルリアの乳房の谷間に埋まった。

「では、足の付け根付近を洗っていきますからねー♪」

楽しそうな口調のファルリアの手が、腰からお尻を撫でるように洗い、そして男性的に重要な器官に触れようとする。

ちょうどそのところで、湯あたりが限界を突破し、テフランは目を回して意識を失ってしまったのだった。


ファルリアとの新生活が始まって、両手の指をたたみ終わる以上の日数が経った。

その間に、テフランは少し渡界者たちに噂される存在になっていた。

だが、なにもテフランの実力が急に伸びて、彼らから一目置かれるようになったわけではない。

『ものすごく綺麗な母親に養われている、情けない小僧っ子』

これが、いまテフランにつけられている評価だ。

この言葉を耳にした当初は、テフランは憤慨したものだった。

しかし、組合長からの「軽率な真似はするな」との伝言から取り合わずにいたら、やっかみから悪口を叩いていると知り、気にすること自体が馬鹿らしくなっていた。

訂正する気も失せた昨今では、迷宮帰りに堂々とファルリアを連れて、組合の建物に入っている。

取ってきた弱い魔物の素材を換金し、一日をどうにか過ごせる程度のお金を貰う際に、テフランは職員へ最近よくする質問をした。

「俺の仲間たち、今日は見ませんでした？」

「少し前に来まして、換金後にすぐ帰っていきました。そのご様子だと、再会はまだのようですね」

「なんだか、俺を避けているようなんですよ」

そう、テフランは迷宮の罠で飛ばされて以降、セービッシュたちと再会できていない。

ファルリアとの生活が始まってすぐに、彼らに会おうとしたのだが、使っていた宿は引き払われてしまっていた。そしてその後は宿を転々と替えているようで、捜しても見つからない状況だ。

この事実に、セービッシュたちが努めて会わないようにしていると、テフランは感じていた。

（転移罠で死にかけた件やファルマヒデリアのことも含めて、色々と義理を通しておきたいってのに）

落胆しつつ職員にお辞儀をしてから、テフランはファルリアと例の食堂で食事を取ることにした。

ここでの食事で、一日の儲けはほとんど吹っ飛んでしまう。しかしそれを、テフランは気にしない。

ファルリアがサラダを美味しそうに食べる姿が喜ばしいし、お金がないと口にすると困る事態が起きる懸念があるためだ。

もし、本当に口に出したとしたら――

「それなら、お金を増やしましょう。私が迷宮の奥にいる魔物を狩ってくれば、お金には困りません！　もしくは、ある場所から奪いましょう！」

――と役立てることの嬉しさから、方法と手段を問わず、ファルリアがお金を工面しに走り回るに決まっている。

現実に起こりえるかはともかく、テフランはそう確信していた。

（生活できないほど、お金に困っているわけじゃないし。ファルマヒデリアの力には、滅多なことがない限り頼らないままでいよう）

一度頼ると飽くなき堕落が待ち受けている予感がして、テフランは改めて心に誓う。

その後、二人が食事を取り終えて席から腰を浮かした、そのときだった。

「おっ、テフランじゃないか。こんなところにいたのかよ。捜したぜ！」

呼びかけてきた人物に、テフランは目を向ける。

居たのは、転移罠を踏んでテフランを窮地に追い込んだ原因――セービッシュだった。

そして彼の後ろには、仲間たちが勢揃いしている。

テフランはとりあえずは再会を喜ぼうとして、全員の『見た目の一部』に変化があることに感づき、思いっきり顔をしかめた。

　この表情の変化に気付いていないのか、セービッシュたちは隣のテーブルから椅子を拝借すると、テフランが立とうとしていたテーブルに座る。

　そして、セービッシュが馴れ馴れしい態度で、ある言葉を放ってきた。

「わかってる。俺たちに対して恨み言があるんだろう。この場で全部言ってくれ。それで、今後は元通りになろうぜ」

　勝手な言い分に、テフランの目つきが冷えた。

「言いたいことはいくつもあるが、その前にだ――」

　テフランが言葉を切って指さしたのは、セービッシュの革手袋をした手。これは、テフランと別れる前にはなかったものだ。

　続いて、他の仲間たちにもある、新しい服飾品や装備品と、紅一点のルードットの目尻の下にある小さな魔法紋に指を向けた。

「――そこにある『魔法紋を入れた代金』はどこから出した」

　言葉の一部分を強調して言うと、セービッシュたちが驚いていた。

　実際、魔法紋が見えるルードットだけでなく、他の仲間たちも指摘された箇所に魔法紋を彫り入れていた。

　ここでテフランは、さらに追及する。

「魔法紋は、魔法の種類や程度で値段は乱高下はするけど、押しなべて高額な彫り入れ料が必要だよな」

そんな代金をどこから捻出したかを疑問視することは、久しぶりの再会を果たしたテフランからしたら当然のことだった。

セービッシュたちは、バツが悪そうにお互いに顔を見合わせた後、テフランに媚びるような微笑みを浮かべる。

「な、なにを言っているんだか。魔法紋を入れたのは『簡易鑑定』を欲しがった、ルードットだけだぞ」

衣服や装備で魔法紋を隠しているからだろう、とぼけ切ろうとする気のようだ。

テフランはセービッシュたちを見下げ果て、あからさまなほどに刺々しい口調になる。

「あのな。俺は渡界者だった父親の影響で、人がどこに魔法紋を入れて、どうやって隠すかをよく知っている。そしてお前らの隠し方は、その心得を持つやつなら、すぐに見破れる下手くそな隠し方だ。それでもシラを切るってのか」

「…………」

「だんまりなら、代金の出どころを予想してやろうか。転移罠の場所が書かれた迷宮の地図の報酬と、徒党《パーティー》用の貯金を全て使ったんだろ。それなら、お前ら五人分なら、効果の弱い魔法紋を彫るには十分足りたはずだからな」

　テフランの言葉は大当たりで、セービッシュたちは目に見えて焦りだす。

　だがそれは数秒間だけで、最初にセービッシュが腕を組んで居直ってみせた。

「そうだよ。お前が言った通りだ。でも、それがどうした」

「どうしただって？　お前らが勝手に使った貯金の中には、俺の分があったって遠回しに言っているんだ。その間抜けな頭《おつむ》じゃ、理解できなかったってか？」

「なんだよ、ケチ臭い。良いじゃないか。魔法紋が入ったことで、俺たちの戦闘力は格段に向上したんだぞ」

「忘れているようだから、言ってやるが。徒党が別れる原因の多くが、報酬面でのイザコザだって、組む際に教えてやったよな」

「チッ。それを言うならな、テフランだって俺らに分け前を渡してねえだろ。知っているんだぞ。迷宮から帰ってきて、組合長《おやかた》から大金渡されたってことは！」

「馬鹿ぬかせ！　あれは迷宮の奥から帰って、転移罠がどこに通じるかを報告した報酬だ。あの道中にお前らはいなかったのに、分け前をやる道理があるわけねえだろ！」

「じゃあ、全部お前のモノって言う気か。この業突く張りが！」

「ケチだの業突く張りだの、テメエが言うんじゃねえよ、貯金泥棒が。それにあの報酬はな、生きて迷宮から脱出させてくれたお礼に、このファルマヒデリアに全部使ったんだ！　銅貨一枚たりとも残っちゃいねえよ！」

白熱する言い合い中で指されたファルリアは、店員のキレナが渡してくれた水を飲みつつ、テフランを叱るような目をする。

「私のことは、ファルリアお母さん、でしょ」

言い合いとは全く関係がない注意に、テフランは気勢を削がれてしまった。

「ちょっと、いまそれを指摘する場面じゃないでしょ」

「いいえ、大事なことです。ほら、ちゃんと言い直してください」

「うぅ……ファルリアお母さんに、報酬を全て使った。これでいい？」

「はい。よろしいです」

ニコニコ笑顔のファルリアと、項垂れ気味のテフラン。

二人の様子を見て、セービッシュたちは母子の仲を揶揄するような笑みを浮かべる。

それがテフランには、とても面白くなかった。

「なにか言いたいのか、この泥棒ども」

「泥棒とは聞き捨てならないな。義理の母親のおっぱいが恋しい腰抜け」

テフランとセービッシュは睨み合い、一触即発な空気が流れる。

その横で、ファルリアは笑顔のまま、ルードットを手招きしていた。

ルードットはテフランたちに心配な目を向けた後で、恐る恐る近づく。

「あの、なにか用？」

「聞きたいのですけれど、あなたとテフランとは良い関係だったのですか？」

「えっと。渡界者仲間というだけで、特別な感情はないけど？」

「そうなんですね。でも、男ばかりの中に女性一人というのは、少し危険なのではないですか？」

「そうでもないよ。なにやら男たちのほうで、わたしに手を出そうとするヤツを見かけたら、仲間であれ他人であれ叩きのめすって協定がされているみたいで。特に、テフランは律儀というか生真面目というか、その約束を守ろうと努めていたみたいで」

「あらあら。テフランって、あなたのことが好きだったりするんでしょうか？」

「それはないって。なんか避けられてたし」

女性同士という気安さで展開する会話が耳に入り、テフランはセービッシュとの睨み合いを止めて、ファルリアとルードットに向き直る。

「横で何か言っていると思ったら、ルードットに特別な感情は持ってないってば。仲間として守ろうとしていただけだって」

その言葉に嘘はない。

なにせルードットは発育は年相応なものの、肌は薄汚れているし、傷んでぼさぼさな赤髪は荒くまとめてあるだけ。身長だって低めだ。

いわば、テフランの好み——というか弱点とはかけ離れている。

それ故に、テフランはルードットに対して苦手意識があるものの薄いため、渡界者仲間かつ友人として接することができていた。

しかし、ファルリアとルードットはそうとは受け取らなかった。

「へぇー、そうなのですね。そういうことにしておきます」

「わたしもテフランのことは嫌いじゃないけど、もう少し身長が伸びて、体格がガッシリした人のほうが好みだから」

「俺の言いたいことが全然伝わってないよな、おい！」

変な方向に会話が流れてしまったため、テフランの怒気が霧消——とまではいかないものの、極めて小さくなってしまった。

テフランはテーブルに頰杖をつき、セービッシュに視線だけ向ける。

「お前らに言いたいことは、俺は徒党から離脱する。それで、これからはファルリアお母さんと一緒に活動するってことだけだ。手切れ金代わりに、貯金の使い込みは見逃してやるよ」

突然の宣言に、セービッシュは目を丸くしている。

「……本気か？」

「ああ。アヴァンクヌギの親方——組合長から、そう勧められたんだよ。ファルリアお母さんの力を当てにするやつが現れるから、そういう輩からは距離を取れってな」

迷宮内でファルリアが魔法を使ったのは、第四地区から脱出するときと、テフランが武器の試し切りをしたときだけ。

しかし、そのどちらかを見ていた渡界者がいるからこそ、テフランに『母親に養われている』という評価がつけられているのだ。

そして凄腕の魔法使いが絶世の美女だと知れば、仲間に引き入れようとする者が現れるのは当然の流れである。

セービッシュたちも、会うことを避けていたテフランに会いにきたのは、まさしくファルリアに取り入るためだった。

その卑怯な心根を、テフランだけでなくアヴァンクヌギにも見抜かれていると伝えられて、セービッシュたちは沈痛な表情になる。

全員が黙り込んでしまったので、テフランはファルリアと共に席から腰を上げた。

「そういうわけだから、もう俺たちに関わってくるな。変に手出しして来ようものなら、組合長にも睨まれるからな」

「分かった。それにしても、お前みたいなやつが、よく親方に気に入られたもんだな」

「俺だって理由は知らねえよ。たぶん、逃げ回って第四地区から生き延びた実績を買われたんだろうさ」

テフランは嘘の理由をでっち上げて、食堂から出て行った。ファルリアも一礼してその後に続く。

二人の姿が見えなくなった後で、セービッシュたちは当てが外れたことに肩を落とし、折角食堂に来たのだからと注文した料理をやけ食いするのだった。

□　□　□

テフランとファルリアの共同生活の様子を、アヴァンクヌギは監視者の報告で読んだ。

セービッシュたちとの一件も含まれていたが、報告結果は『危険な兆候なし』となっている。

「テフランが白熱する横で例の美女は平然としていた、ねえ。監視がバレて、そう見えるよう偽装していたという線もあるが……」

発せられた呟きに、秘書のスルタリアは資料をまとめる手を止める。

「近所付き合いも良好だと報告があります。それこそ、密偵の一人が主婦として接触したら、料理の手ほどきを頼まれたとも」

「接してみると子供を心配する母親のようにしか見えない、ってか。まったく暢気《のんき》な報告しやがって。監視対象は指振り一つで人の命を奪える凶悪な魔物なんだぞ」

職業意識に疑問を持たれたことが遺憾で、スルタリアは腹を立てた。

「告死の乙女とはいえ、いまは従魔です。テフランくんが命令しなければ、人に危害を加えることはないでしょう。そして彼の性根を見るに、その危険性は薄いでしょう」

「テフランは夢見がちなうえに、善良に過ぎる性格だからな。渡界者なら、もうちょっと悪《ワル》なことに手を染めてもいいだろうによぉ」

「現役の頃の組合長みたいに、障害を力でねじ伏せるような真似、あの子には似合いませんよ」

「腕力任せに進んだ結果、渡界者を引退できなくなって、組合長なんてロクでもない役職に押し込められちまったけどな。そのことを考えれば、テフランの生き方が、より老後は楽しく暮らせそうだな。美女が侍っているしよ」

「秘書が目の覚めるような美女でなくて、申し訳ありませんでしたね」

睨むスルタリアに、肩をすくめるアヴァンクヌギ。

それから少しして、扉がノックされた。

「組合長。転移罠がどこに続いているか調べてきました」

「おお、待っていた。入ってくれ」

扉が開いて入ってきたのは、誰も彼もが高価と分かる装備を身に着けた、素人目にも強者ぞろいと分かる三十代近くの渡界者たち。

その精強さは、組合長室に妙な威圧感が溢れたことからもわかる。

しかし、そんな威圧に屈するほど、アヴァンクヌギは柔《ヤワ》ではない。口元に深く笑みを浮かべ、挑発するように手招きする。

「ほれ、さっさと報告しろよ、ウスノロ」

「まったく。あいからず親方は、長としての品位に欠けてやがるぜ」

「組合長と呼べ、組合長と」

お互いに軽口を叩いてから、報告がなされた。

罠の転移先と現れる魔物の脅威度は、テフランが語ったものと同一だ。

この報告で、荒唐無稽に思えたテフランの話を、アヴァンクヌギはより信じる気になった。

「報告、ご苦労さん。そんでここからは内緒話なんだが。割りのいい仕事を受ける気はないか？」

「おいおい。親方がそういう話を持ち掛けてくるときは、だいたい厄介なことだって知ってるんだぜ。ま、聞くだけは聞いてやるってことでどうだ？」

「言いがかりはよせよ。この仕事が上手く進めば、組合にとってもお前らにとっても、とてもいい話なんだぜ」

アヴァンクヌギは口の端を吊り上げる笑みのまま、この町随一の渡界者である彼らに依頼を出す。

『テフランの報告にあった方法で、告死の乙女の従魔化を試みる』

渡界者たちは眉唾な依頼に難色を示すも、成功例がいると知って意識を変えた。

「駆け出しの小僧にできて、俺たちができないわけがねえな」

「今回は借金漬けのヤツを生贄にして試してみるってことだが。仮に成功したらよ、もう一体ぐらい探して従魔にしちまおうぜ」

「安息地に佇む告死の乙女《ヤツ》を、遠目に何度も見かけたことがあるが、どれも綺麗だった。あれが従

魔になるってんなら、『夜の相手』にも最適だろうしな」

「おいおい、従魔相手に『イタす』つもりかよ。そんなことをしたら、立派な変態の仲間入りだぞ」

「従魔持ちの連中の多くは、そういう変態だって聞くぜ。むしろ、人より具合が良いって仲間内で語り合っているんだとよ。人型や獣型にかかわらずな」

渡界者たちは軽口と冗談と共に、告死の乙女を入手した後を語り合う。

慎重さに欠ける会話に聞こえるが、この能天気にも映る思考回路こそ、彼らが成り上がれた理由の一つである。

しかしその強みが生きるかどうかは、告死の乙女を従魔にする際にのみ、わかることだった。

□　□　□

正式に仲間たちと別れて区切りをつけたからか、あの日からテフランの実力は伸び始めた。

いや、以前の装備が貧弱に過ぎて、実力の伸びを邪魔していたのだ。

動く甲冑から得た武器防具に慣れてきたことで、テフランは真の実力が発揮できるようになったと表現するほうが正しい。

理由はどうあれ、テフランは迷宮の出入り口付近で戦うのを止め、もう少し奥に進んで、少々手強くなる魔物を相手にすることに決めた。

その判断とテフラン自身の調子は良好で、小動物が大型化したような見た目の魔獣に後れをとることもなかった。

一対一はもとより数匹対一人の状況でも、危なげなく勝てている。

その危険のなさは、近くで見守るファルリアが常に笑顔でいることからも推し量れた。

実力の伸びが嬉しくて、テフランはついつい連日迷宮に通ってしまっていた。

そんなある日のこと。

テフランが迷宮に行くための身支度をしていると、その手をファルリアに摑まれた。

「今日は、お休みにしてもらいます」

微笑んでいるものの、有無を言わせない物言いに、テフランは小首を傾げる。

「どうしてだよ。休日を取るほど、疲れている感じはないけど」

「それは私がテフランをお風呂に入れて、疲れを残さないように洗ってあげているからです。それでも取り切れない疲労は蓄積します。現に、顔に疲れが現れていますよ」

指摘を受けて、テフランは自分の顔に触れてみるが、変わったところはないように感じられた。

「また変なことを言って。ここ最近、メキメキ実力が伸びている感じがあるんだ。休んでなんかいられないよ」

テフランが取り合わずに剣を腰に吊るそうとすると、ファルリアに取り上げられた。

「絶対に、お休みしてもらいます」

「むっ。なんでファルマヒデリアが――」

「ファルリアお母さん、です」

「ああもう！　ファルリアお母さんが、なんでそんなことを決めるんだよ。従魔なら、俺の言うことに従うものなんだろ！」

募った苛立ちから、通常では言わないような言葉が口から滑り出た。

テフランはハッとした表情で口を押さえるが遅きに失し、ファルリアが傷つき泣きそうな顔になっている。

それでもファルリアは、頑なに剣を渡そうとはしない。

「テフランに嫌われようと、休んでもらいます……本当は、嫌われたくはありませんけど」

余りに悲しそうに付け加えられた言葉に、テフランは自分の後ろ頭を強く掻いた。

「ああ、まったく……。わかった、休むよ。今日は休日にする」

準備の手を止めての言葉に、ファルリアは喜びを見せる。

「本当にですか?!」

「ちゃんと誓うよ。思ってもいない言葉が口から出たときは、考え以上に疲れているとき。そう父親から教わったしね」

　さきほどの失言が気の迷いだったと遠回しに伝えると、ファルリアはより嬉しそうに抱き着いてきた。

「それは良かったです。あまりにうるさく言ったから、テフランに嫌われたんじゃないかって、気が気じゃありませんでした」

「小言は控えてくれるに越したことはないけど、俺のことを心配しての言葉だってわかっているから、あまり邪険にする気はないかな」

　テフランは赤い顔で抱擁から脱出すると、装備を外していく。

　一方で抱擁を外されたファルリアだが、こちらは喜色を抑えられないようだった。

「あー、もうテフランたら。嬉しいことを言ってくれます」

　ファルリアは再び抱き着くと、今度は自分の体内に仕舞い込もうとするかのように、力強く抱きしめる。

　その喜びの感情に引きずられて腕に魔法紋が現れ、ほのかに輝き始めた。

　これに、テフランは悲鳴を上げる。

「ぐえっ。ちょ、ちょっと。力、強すぎだって。食べたものが、でちゃう」

「あ、ごめんなさい。でも、放したくないので、少し我慢してくださいね」

　ファルリアが少し力は弱めてくれたので、テフランに息苦しさはなくなった。

その代わり、ファルリアの肉体が伝えてくる感覚が押し寄せてくる。

それは風呂場で洗われるときに全裸の状態とはまた違った、日常の大人の女性から感じられる肉体感だった。

衣服の下にある乳房の柔らかさと、それを支える下着の硬さ。

長手袋の滑らかさと、その内側から伝わってくる体温。

頬擦りのくすぐったさと、ファルリアの呼吸で髪の毛が揺れる感覚。

ファルリアの存在に慣れ始めていても、テフランはその新鮮な体感に赤面が抑えられなかった。

どうにか意識しないように努め、赤らんだ顔を俯けながら、テフランはファルリアに質問する。

「それで、休むことは決まったけど。まさか『疲労回復のために一日中ベッドで寝ていろ』とは言わないよね」

「一昼夜、テフランに添い寝していいというのなら、そう言いたくなっちゃいます」

「止めてよ。俺は幼児じゃないんだから」

「ふふふ、冗談です。それで折角の休日なんですから、町中をぶらついて、心に憩いを取り戻すなんてどうでしょう」

「散歩って、どこか行きたいところがあるとか？」

「実は近所の奥さまたちに、いい場所を教えてもらったんです。どこそこのお店の料理が美味しいとか、どこそこの小物は可愛いとかです」

「……いつの間に、そんな人たちと仲良くなったんだよ」

「テフランが起きる前と、夕食後のお風呂前に素振りなどで体を鍛えている間にです。皆さん、人あたりのいい方ばかりですよ」

ニコニコと嬉しそうに語るファルリアに、テフランは苦笑する。

「分かったよ。町をぶらついた後は、どうする？」

「食材を買い揃えて、テフランに手料理を振舞いたいと考えています」

「ファルリアお母さんが、料理？」

破壊の権化と言える告死の乙女と、人の生活に密着した料理とが、テフランの中では結びつかない。

不信感をテフランの表情から見て取って、ファルリアは膨れた。

「あー、疑ってますね。奥さまたちから、テフランの年頃なら好きだという料理の手順を教わって、そこに少し工夫を入れるつもりです」

「料理素人の工夫ほど、怖いものはないと聞くんだけど」

「大丈夫です。鍋とか包丁とかを使わずに、魔法で調理するだけで、味付けは教えてもらった通りに行いますから」

「…………色々な魔法が使える、ファルリアお母さんならではの調理法だね」

絶句からどうにかひねり出した言葉で、ファルリアは笑顔になった。

「楽しみにしててくださいｍ。絶対に美味しい料理を作ってみせますから」

「あー、うん。過度な期待はせずに、楽しみにしておくよ」

こうして突然の休日に、テフランは腰に剣だけを吊るした格好で、ファルリアはいつもと変わらない姿で、家から出かけることになったのだった。


テフランたちが町を散歩していると、色々な場所でファルリアのことを話題にする人に出くわした。

まずは、借りている家の近所の主婦の方々。続いてその家族。そしてそれらの人と関係がある人達だ。

「あそこの家の別嬪《べつぴん》さん、知っているかね」

「知っているとも。でも、あんな美人が、とてつもなく強い渡界者って話もあるねえ」

「なんでも、別の国で大活躍していた魔法使いだそうだ。いまは一緒に住んでいる子供のために、浅い場所にしか行かないようだよ」

「息子って、あの『腰抜け』って呼ばれている青年でしょ。あの子を産んだにしちゃ、年が若い気がするけどねぇ」

「いや、義理の息子だそうだよ。父親が別の場所に出稼ぎに行っている間に拵えた、新しい嫁さんなんだと」

「じゃあ、血の繋がってない美女と一つ屋根の下で暮らしているってことかい。こりゃまた複雑な家庭だねぇ」

そんな話をしていた女性の一人が、近くで『石置き』という賭け事に興じている二人の男性、その片方に怒鳴り声を上げた。

「アンタ！　賭けなんてする暇があるなら、家に戻って家事の手伝いをおしよ！」

「すまねえ、カアちゃん！　でも勝勢だから、決着がつくまで待っててくれよー」

「うひひっ。尻に敷かれてやんの」

「……おい。お前が噂の美人さんに見とれてたこと、嫁さんに告げ口するぞ」

「おま、止めろ。結婚して三年目に入った途端に、当たりが強くなってきてんだぞ。要らない波風起こすなよな」

冗談で笑い合って、男たちは遊興勝負の決着に入る。その姿を、怒鳴った女性が処置なしとばかりに肩をすくめて見ている。

この人たちと同じように町行く人たちも、ファルリアの存在を知っていて、そのうえ悪くは思っていない。

なにせ傍目には、物腰の柔らかい絶世の美女だ。告死の乙女だと知られない限り、嫌われようがない。

しかしながら、何ごとにも例外は存在した。

好意的な付き合いを望む人がいる一方で、自分たちの欲望のためにファルリアに接近しようとする者だっている。

特にこの町は、世界各地から駆け出しからベテランまでの渡界者がやってくるため、倫理や価値観が全く異なる人が多くいた。

路地裏でひそひそ話をする、数人の男たちもそうだ。

「なあ、アレを見ろよ。あれって噂の美女だろ」

「すげえな。胸は山のようだし、尻もデカい。なのに腰はキュッとしててよ。もう辛抱たまんねぇぜ」

下卑た感想を呟く声が風に乗り、テフランの耳に入ってきた。

苛立って睨みつけようとするが、それより先にファルリアに止められてしまう。

「休日は、心に安らぎを与える日ですよ。先ほど買ってみた屋台料理を食べて、心を穏やかにしましょうね」

「別に、腹が減って怒りっぽくなっているわけじゃないんだけど」

串焼きにかぶりつくと、ファルリアのハンカチを持った手が伸びてきた。

「横着して大口で食べたから、頬にタレがついてしまってます」

「ハンカチが汚れるから拭わなくていいって。自分の指で取るから」

「そういう粗野な行動は慎んだほうが、女性にモテますよ」

「乱暴そうな人ほど、女性を侍らせているイメージがあるけどなあ」

邪な視線を、当のファルリアが気にしていないようなので、テフランは気持ちを落ち着けることにした。

しかしその努力は、無に帰することになる。

テフランとファルリアが進む先に、二人の男たちが立ちはだかったからだ。

加えて三人の男性が後方に現れ、間に挟まれた格好となる。

立ちはだかる全員が武器を手に立ち、仲良く過ごしていたテフランたちに苛立った目を向けている。

テフランは襲撃者に驚いてはいたが、これでも新米であっても渡界者だ。すぐに腰の剣に手を伸ばして、応戦する気構えを見せた。

「物騒だな、なんの用だよ。金なら、そんなに持ってないぞ」

「うるせえ。用があるのは、そっちの美女だ。テメエはすっこんでろい」

「女の前だからって粋がりやがって、腕の一本ぐらい落としてやろうか。ああんッ！」

前を塞ぐ二人が叫び、テフランに剣を突きつける。

平和な日常が物々しい光景に早変わりし、通行者から悲鳴が上がった。

テフランと襲撃者たちが緊張感を滲ませていると、ファルリアが一歩前に出てきた。

「どこのどなたか知りませんが、テフランに武器を向けるのは許せません」

感情が消え失せた声を放ち、ファルリアは手袋をした腕に魔法紋を浮かび上がらせた。

黒い布地を透過するほど光る魔法紋に、襲撃者たちは身構える。だが単なる脅しだと考え、警戒を強めつつも距離を詰めてくる。

その数人が怪我を負っても、確実にファルリアを確保しようという動きに、テフランは凶行に慣れている臭いを感じ取った。

戦いへの緊張感が高まる中で、ファルリアは魔法紋が輝く腕を襲撃者に突きつけ、軽く上へと振るう。

傍目には、何かが起きたようには見えなかった。

その感想は襲撃者たちも同じく抱いたようで、さらに距離を詰めようと足を動かす。

しかしその足が、地面ではなく空中で滑った。そのうえ、体が空中に浮き始めたのだ。

「なんじゃこ――りゃあああああ?!」

「おおおおううううあああああああ!」

驚愕の声を上げながら、まるで天上の神に釣り上げられたかのように、五人の襲撃者は急速に空へと上昇する。

そして、付近の屋根を超す高さで一度止まると、今度は自由落下で地面に戻り始めた。

「うぎゃあああああああ!」

「死ぬ死ぬ死ぬぅうー！」

落下の果てに、襲撃者たちは足以外の部分で着地する羽目になった。

曲がった腕を押さえ、背を仰け反らせ、突っ伏して尻を上にあげた姿で苦悶する。

「うごおぉぉぉ、このアマ、やりやがったな」

「町中で魔法をぶっ放すなんて、なに考えてやがる」

口々に勝手な非難をする彼らに、ファルリアは警戒心のない歩き方で近づき、一人の頭を踏みつけた。

「町中で武器を抜いて襲い掛かるなんて、なにを考えているんです。こちらは自殺のお手伝いなんて、受け付けていませんよ」

口調は優しげだが、頭を地面の中に踏み入れようとするかのように、ファルリアの足に力が入る。

「――おごごごがががあああ」

頭蓋骨からは割れる寸前の軋み音が、口からは悲鳴が、踏まれている男から上がった。

火に入った虫のように手足をばたつかせる様子を、ファルリアは見下ろしながら困ったように小首を傾げる。

「このまま踏みつぶしてやりたいところですが、あなたみたいな人の血で、テフランが贈ってくれた衣服や靴を汚すのはイヤなんですよね。どうして頭から着地して、首の骨を折って死んでくれなかったんですか。気が利かない人たちですね、まったく」

独り言を放つファルリアの目は、通常テフランに向けている愛情豊かなものとは違って、ガラス玉のような無感情の極みなものだった。

その瞳を盗み見たテフランは、見覚えがあった。

(迷宮で出会ったばかりの、魔物の群れを焼き払ったときの瞳だ)

そう気づいて、テフランは顔を青くして止めに入った。

「ファルリアお母さん、ここまでにしよう。いくら襲撃に怒ったからって、殺しちゃうのはまずい！」

周囲にいる人たちにも聞こえるように、あえて少し大きめな声を放つ。

するとテフランたちに同情するような声が、野次馬から上がってきた。

「日もあるうちから人を襲うなんて、ふてえ野郎たちだ」

「どうせ渡界者として芽が出なくて、悪い奴らに与《くみ》した落伍者たちだろ。町の警備を呼んで、引き取ってもらおうぜ」

警備という単語を聞いて、襲撃者たちだけでなく、テフランも顔を強張らせる。

「警備が来る前に、急いでここから離れるよ」

テフランが腕を摑んで引っ張るも、ファルリアは合点がいかない様子だ。

「なにも悪いことをしていないのですから、逃げる必要はないのではありませんか？」

「じゃあ質問するけど、警備が俺に高飛車な態度で接して来たら、ファルリアお母さんはどうするのさ」

「不愉快に感じて、教育的指導をしたくなっちゃいます」

「ここで警備と喧嘩したら、休日の予定が潰れちゃう。だから逃げようって言っているんだよ」

「なるほどです。休みが潰れるのはダメですね。それでは逃げるとしましょう」

ファルリアは踏んでいた男の頭を蹴って気絶させると、テフランが腕を引くに任せて走り出す。

逃げる二人に、野次馬たちが手を振ってきた。

「警備にゃ、うまいこと言っておくから、心配すんなよー」

「美人のお姉さん——えっ、母親？　なんでもいいが、その人とデートを楽しめよ！」

好き勝手なことを言い放つ人たちの間を通って、テフランたちは町中に消える。

その後すぐに警備が現れ、野次馬たちの証言を受け、痛みに呻く襲撃者たちの武器を奪い、縄で拘束していく。

その手つきは荒っぽく、高所から着地した衝撃で折れた骨のことなど、思慮の外に置いていた。

「おら！　手間を掛けさせやがって、歩きやがれ！」

「止め、ぐあっ、もっと優しく扱えよな！」

「うるせえ。テメエらみたいなのがいなきゃ、こっちはのんびり過ごせるんだよ。これからお灸をすえてやるからな、覚悟しろ！」

襲撃者たちの腹に膝を叩きこんで黙らせ、警備たちは詰所のある場所へ引きずっていったのだった。

途中に問題はありながらも、テフランたちは充実した休日を送った。

しかし、現在のテフランの表情は曇りに曇っていた。

理由は、目の前にある机に載せられた食材の数々だ。

「ファルリアお母さん。本当に料理する気なんだね」

「もちろんです。頑張っちゃいますよ！」

ファルリアは長手袋を外した腕を肩の高さに上げると、肘を曲げて張り切り具合を示した。

普段はしない可愛らしい行動と、普段はあまり見えない脇が晒されていることに、テフランはつい照れてしまう。

「えーっと、頑張るのはいいけどさ。なにを作るつもりなの？」

「大量のパンに具だくさんのスープと、肉塊のオーブン焼きです。青少年は、これを出せば大喜びと聞きました！」

鼻息荒い主張に、テフランは苦笑いを浮かべる。

（肉を腹いっぱい食わせればいいっていう、乱暴なメニューだな。でも、あながち嫌いじゃないいんだよな）

テフランがメニューに納得すると、ファルリアは受け入れられたと勘違いして調子づいた。

「では早速、調理しちゃいますね。まずはパンの生地と、スープの下ごしらえを……」

上機嫌で動き出そうとして、なぜかピタッと止まってしまった。

「ファルリアお母さん？」

「ちょ、ちょっと待ってください。疑問が出てきたので、レシピを教えてくれた奥さまに尋ねにいってきます！」

言うが早いか、ファルリアは玄関から出ていく。

テフランが先行きに不安を感じていると、意外なほど早く戻ってきた。

「料理手順の意味について、ちゃんと確認してきました。もう大丈夫です」

自信たっぷりに調理を始めようとするのを、テフランは押し留めた。

「ちょっと待って。なにを聞いてきたのか、教えて」

「ですから、料理をする意味です。麦はそのままでは食べられないので、粉にして、水で練って、竈《かまど》で焼いて、パンになってようやく食べられるようになる。そんな知識を教えてもらったんです」

料理する以前の当たり前の知識だが、ファルリアは告死の乙女なので知らなかったのだろうと、テフランは納得した。

「でも意味なんか知らなくたって、手順を守れば料理は出来るよね？」

「普通に鍋や竈で作る分には、テフランの言う通りです。でも魔法で作るには、その行為の意味を知っておく必要があるんです」

ファルリアの言葉がよくわからず、テフランは今更ながら心配になった。

「一応確認だけど。魔法で調理しても、ちゃんと食べられるんだよね？」

「ちゃんとした料理にするために、さっき質問しに行ったんです。心配は要りません」

ファルリアは断言すると、笑顔でテフランの背中を押し、食卓の椅子に座らせた。

(本当に大丈夫なのかな)

テフランが不安視する中で、ファルリアは調理を開始した。

手と頬に魔法紋が浮かび、楽しげな歌声によって輝きが増していく。

「Raaaaaaaaaaaa～♪」

ファルリアが広げている腕から、砂金のような魔法の輝きが散布された。

すると、テフランの予想外のことが起こる。

魔法の輝きの粒が接触した食材は、蠟細工だったかのように形が溶けてしまったのだ。

さらには溶けた食材が混ざり合い、雑に混ぜ合わせた油絵具のような姿に変わる。

テフランが理解不能で硬直していると、ファルリアが笑顔を向けてきた。

「そう心配しなくても、この魔法は生命力が高いものには効きませんから、テフランが触れても問題ありませんよ」

「そ、そうなんだ」

テフランは頷きながらも、心配したのはそこじゃないと指摘するべきか悩む。

そうしている間にも、ファルリアの調理は進む。

「Ｒａａａａ～♪　Ｒａａａ、Ｒａａａａ～♪」

楽しそうに歌うファルリアだが、お玉で食材が溶けた極彩色の泥のようなものをすくいあげて、深い皿と鍋へ流し入れているようにしか見えない。

（アレを食べないと、いけないいんだよな……）

テフランの脳内を絶望という文字が占拠し、未知への挑戦か、猟奇からの逃走かという選択肢が浮かんでくる。

そのどちらかに決める前に、食卓の上には料理が入った皿が並べられ終わっていた。

「はい、できました。どうぞテフラン、ご賞味あれ」

にこやかに告げるファルリアを見てから、テフランは腹をくくって料理と対面する。

「――あれ？　なんか普通の見た目に変わってる？」

ついさっきまで『泥のようなナニカ』だったのに、皿の上にあるのは、パンとスープとローストされた肉の塊だった。

錯覚かと、テフランは目を擦ったり頭を振ったりするが、ちゃんとそこにある。

「……これ、どうやって作ったの？」

現実が信じられなくて問いかけると、ファルリアはにこやかに答えてくれた。

「簡単なことです。全ての食材を分解して、望む形に再構成しただけですよ」

返答は意味不明だったが、テフランは一つだけ予想がついた。

「その『再構成』ってやつをするために、料理の意味を知る必要があった。って理解で合ってる？」

「その通りです。パンを作る意味、肉を焼く理由、お湯で食材を温めるわけを知らないままに行うと、形は同じでも別物ができてしまうんです」

あっさりと語られた理由に、テフランはさらなる疑問が湧いた。

（それって、この目の前にある料理が本当に本物か、見た目だけの偽物かは、ファルマヒデリアの理解が合っているかどうかにかかっているってことだよな）

そう考えが至ると、目の前に並ぶ美味しそうな料理が、気味悪いなにかに変貌したような錯覚が起こった。

気持ち悪さを感じ、テフランは食うか食わざるかを迷う。

すると目の前で、ファルリアがナイフで肉の塊を切り分け始めた。

現れた断面からは肉汁が滴り、香草と共にローストされた肉特有の芳《かぐわ》しい匂いが漂ってくる。

食欲を揺さぶる光景と匂いに、テフランは生唾を飲み込む。

その音を聞きつけたかのように、ファルリアはフォークで分厚く切った肉を刺すと、テフランに差し出した。

「はい、あーんですよ♪」

にこやかかつ自信ありげに差し出されたフォークを前に、テフランは冷や汗を流しながら必死に思考する。

（ファルマヒデリアが俺に危害を加えるはずがない。だから、この料理も大丈夫なはずなんだ！）

テフランは意を決して、ひと息に肉を口の中に入れて噛む。

その瞬間、いままでの人生で一番美味しい料理であることを、味わいの深さによる衝撃と共に理解した。

一度、魔法で作られた料理を口が受け入れてしまえば、気味悪さなどすぐに消え失せてしまっていた。

テフランは自分からパンやスープを食べると、その絶品さに手が止まらなくなり、がっつくように食べ始める。

青少年らしい健啖さを発揮する姿に、ファルリアは安堵の表情だ。

「材料は残ってますから、思う存分に食べてくださいね」

「わはった。おははり！」

口に料理を詰め込んだままで、テフランはお代わりを要求する。

ファルリアは苦笑まじりに微笑み、魔法で料理を作り出すため、台所に歌声を響かせて顔と腕の魔法紋を輝かせるのだった。

三章　組合長の企みと生まれた脅威

満杯になった鞄《かばん》を背に、テフランはファルリアと共に迷宮の外へ出る。そして集めた素材を組合《ギルド》で換金した。

実力の伸びに従って、日ごとに多くなっていく報酬を手に、テフランは考える。

（ファルマヒデリアが料理を作ってくれるようになったから、まずは食料を買おう。余ったお金は、魔法紋を体に刻むために貯めればいいかな）

別れた仲間――セービッシュたちが彫り入れていたことを思い出し、テフランはかなり魔法紋が欲しくなっていた。

（魔法紋を彫り入れれば、憧れの魔法を使えるようになる。それに魔法紋が体にあってこそ、一人前の渡界者ってもんだし）

そんな予定を、テフランは食事の席でファルリアに話した。

すると返ってきたのは、否定の言葉だった。

「魔法紋を体に彫ることは、絶対に許しません」

笑顔が多いファルリアが、珍しく真顔だ。

テフランは滅多に見られない表情に驚いたものの、賛成してくれると思っていた反動で、余計に腹を立てた。

「どうしてだよ。渡界者にとっては、良いことしかないって説明しただろ」

同じ説明をもう一度しようと口を開くテフランを、ファルリアは手で制した。

「あんなモノを体に彫り入れるなんて、テフランには害にしかならないから止めているんです。そもそも、魔法紋を刺青として体に入れること自体、理解に苦しみます」

「そう言うファルリアお母さんは、魔法紋を体に持っているだろ。どうして俺が刺青をするのはダメなんだよ」

「私《わたくし》のは生まれ持っての機能です。後天的に入れるものとは事情が違います」

切り返されてもテフランは諦めず、魔法紋の刺青を入れるメリットを話していく。

「魔法紋は、魔法を使う度に劣化していくものなんだ。道具に入れたら、魔法を使う度に効力と道具自体の強度が落ちていく。けど体に刺青で入れれば、怪我が自然と治るように、魔法紋の劣化も治るんだ」

だからこそ、頻繁に魔法を使う職種の人間は、魔法紋を彫り入れることが普通である。

理路整然とした理由だったが、ファルリアは首を横に振る。

「いくつかテフランは――いえ、人間たちは魔法紋について勘違いしていますね」

「勘違いって、どういうこと？」

食卓に身を乗り出して聞くと、ファルリアの顔が近づいてきた。

内緒話かと思いきや、鼻先が触れる距離より内側へ侵入してきて、二人の唇が触れそうになる。

「どわあああああ！　な、なに唐突に口づけしようとしているんだよ！」

大慌てで体を離したテフランは、接触していない事実を、自分の唇に触れて確かめる。

その姿に、ファルリアはからかう笑顔で首を傾げてみせた。

「テフランが顔をつき出してきたものですから、てっきり、私は口づけを求められたのかと誤解してしまいました」

「そんなわけないでしょ！　話が聞きたかっただけだってば！」

「ふふふ、冗談です。でも、そんなに嫌がらなくてもいいじゃないですか。傷つきます」

「うぐっ、嫌っていうか、ちょっと驚いたというか心の準備が――って、今のなし！」

悲しそうなファルリアの表情に、テフランは口が滑りそうになった。

しかしファルリアはなにを言いかけたのかを理解して、嬉しさを堪えられない表情に変わる。

「お求めなら、いつでもどこでも、この唇を好きにしていいんですよ？」

健康的に赤い唇を、ファルリアは見せつけるように近づけてくる。

テフランは思わず目を奪われ、つい口づけした感触を想像して、生唾を飲み込んでしまう。

だが実際に行為に及ぶほど、テフランは女性に対して意気地が持てなかった。

「そ、その話はもういいから。ほら、魔法紋の話をしてよ」

「まったくもう。口づけぐらい、減るものじゃないですのに……」

唇に指を当てて不服そうにしてから、ファルリアは本題に戻った。

「人間が魔法紋について間違った認識を持っているのは、不完全なものを道具や体に彫り入れているとことから分かります」

「不完全って、魔物や魔獣から剥ぎ取った魔法紋を書き起こして使っているから、間違っているはずがないよ」

「そこが勘違いなのです。魔物から剥ぎ取った魔法紋自体は、たしかに正しいものです。しかし『書き起こす』という行為によって、品質が歪んでしまっているんです」

首を傾げるテフランに、ファルリアはペンと紙を持ってきた。

「いまからこの指に、火を灯す魔法紋を浮かばせます。簡単な模様ですので、その紙に書き写してみてくださいい」

「分かった。やってみる」

ファルリアは手袋を脱ぐと、立てた人差し指に魔法紋を浮かばせ、指先に火を灯す。

その魔法紋は、『ト』の横に『ク』をくっつけたような形をしていた。

テフランは見た通りに紙に書いて差し出し、ファルリアはしてやったりとにっこり笑う。

「この形でも火は灯るでしょうけれど、足りない部分があって不完全ですすね」

「そんなはずない。見た通りに書いたんだから」

反感から出たテフランの言葉に、ファルリアは大きく頷く。

「そうやって見た通りに書いたことこそが、間違いなんです。魔法紋とは『平面的』ではなく『立体的』な模様なんです」

テフランが意味を理解し損ねると、ファルリアがより詳しい説明に入ってくれた。

「つまり、この指に見えた魔法紋は、何層にも重なった魔法紋を透かし見ているようなものなんです」

ファルリアは説明しながら紙を一枚取ると、ペンで線を引いていく。先ほどテフランが書いたものより複雑で、十倍は線が長い図形だ。

書き終わると、紙を四つに折り畳み、それをテフランの前に差し出す。

「この状態で、ランプの光にかざしてみてください。テフランが書いたのと同じ模様が見えるはずです」

言われた通りにやってみると、本当に『ト』と『ク』をくっつけたような形が見える。

テフランは改めて畳まれた紙を開いてみるが、さっきファルリアが書いた通りの線があるだけだった。

ここでようやく、テフランはファルリアが言いたいことが分かった。

「本当は複雑かつ長い模様を折って重ねることで、体中に小さく収めているのか」

「小さな火を灯す魔法で、その長さです。高威力の攻撃魔法になると、平面的に正確に書こうとしたら、この部屋の壁全てを使って足りるかという具合ですよ」

ファルリアは説明しながら、テフランが書いた紙と自分が書いた紙を取り上げ、両方に意識を集中する。

双方の線が淡く光り、二つの紙が燃え上がった。

テフランが書いたものより、ファルリアが書いたほうが、より明るく激しく燃えている。

それを見て、テフランは人間が使う魔法紋が不完全であることを受け入れた。

だが、付随する疑問は残っている。

「もしかして、不完全なものだから、魔法を使う度に劣化するとか？」

「それは違います。不完全なものほど劣化が早いのは事実ですが、完全なものであっても劣化は免れません」

「それなら、完全であろうと不完全であろうと、劣化する魔法紋を修復するためには、体に刺青を入れたほうが便利じゃない？」

この論調で魔法紋を彫り入れる説得をしようとするが、そうは問屋が卸してはくれなかった。

「そこも考え違いをしている点ですね。劣化するのは魔法紋自体ではなく、その周りにある物質のほうです」

「周りってことは、刺青の場合は肌や筋肉が劣化するってこと？」

「その認識で間違いありません。だからこそ、テフランの体に入れることは決して認められないのだと、わかってもらえますね」

テフランはここでようやく、ファルリアが嫌がった理由がわかった。

でも、まだまだ言い分はある。

「でもさ。体は傷を治すだろ。劣化した部分だって治るんじゃないの？」

「治りはするでしょう。ですが、果たして元通りにはなるのでしょうか。深い傷が傷痕となるように、劣化したままということもあり得ます」

「えっ、そうなの!?」

「魔法紋は、世界の理《ことわり》を変えて魔法という現象を引き起こします。そんな強い力の影響で劣化した肉体が、ちゃんと治る保証はありません。もしかしたら、ある日突然に病気を発症することだって、あり得るはずですよ」

ファルリアが語ったことは、この世界の根幹を揺るがしかねない大事《おおごと》だった。

なにせ世界中、人の世の中に魔法と魔法紋はかなり浸透しているのだから。

「そんな、まさか。少し大げさに言ってるんでしょ？」

「真偽を疑うのは構いませんが、私は愛しく大切なテフランの体に、そんな疑いがあるものは入れさせられません。これは絶対にです」

急に『愛しい』と言われて、テフランは軽く赤面してしまう。

その初々しい姿に、ファルリアはようやく表情を緩めた。

「それにテフランが異世界――地底世界に行きたいのでしたら、魔法紋は入れないほうがいいですよ。むしろ邪魔になります」

「それってどういう意味。もしかして、ファルリアお母さんは地底世界のことを知っているとか？」

問い詰めようとするテフランの口に、ファルリアの人差し指がつけられた。

唇に人肌の温かさが感じられ、テフランは硬直してしまう。

一方、ファルリアは余裕ある大人の笑みを浮かべ、意地悪を思いついた目つきになる。

「内緒です。だって私、夢のためであると理解はしても、テフランが迷宮に挑むことを本心では快く思ってないんですもの」

それ以降、テフランがどう頼んでも、恥を忍んで甘えてみても、ファルリアは決して地底世界のことに関して話そうとはしなかった。

□　　□　　□

組合長から特別な依頼を受けた腕利きの渡界者たちは、転移罠で第四地区に跳躍した。そこから、さらに迷宮の奥を目指して進んでいく。

完全防備な彼らの中に、一人だけ武器も鎧もつけていない人物がいた。

四十歳に迫ろうというその男性は、伸び放題の髪と髭、痩せた頰、窪んでいながらも瞳だけはギラついている目を持っている。

そんな怪しげな人物に、腕利きたちは移動における注意をしていた。

「言っておくが、俺たちの指示に従えよ。じゃなきゃ、お前ごとき一日だって持ちゃしないんだからな」

「ひひっ、分かってますよ。あんたらのお手伝いをする見返りに、博打で作った借金がチャラになるってんだから、馬鹿な真似はしねえさ」

「チッ。頼むぞ、マジでな」

明らかにお荷物だが、この妙な男がいないと依頼を果たせないことを、腕利きたちは理解していた。

なにせこの男の役割は、新米渡界者が報告したという、告死の乙女を従魔化する方法を試すための生贄なのだから。

〈報告では、武装を捨てた上で近寄って抱き着けばいい、ってことだが。指振り一つで人を消せる相手に、そんな真似ができるのは、死にたがりか狂人だけだぜ。そう考えると、親方はまともな人

選をしたってことか）

なにせこの四十頃の痩せた男性は、進退窮まった博打狂いであり、告死の乙女の従魔化を試すには適任の人物だった。

そんなお荷物を抱えての行進は、強い魔物が現れる場所も合わさって、腕利きたちに大きな負担を強いる。

加えて、告死の乙女を探して安息地を渡り歩くことも、迷宮の転換があったばかりで地図が出来上がっていないため、地味にきついことだった。

精神を摩耗させる試練の数々の果てに、第五地区にまで入って十何度目かの安息地にて、その中に佇んでいる告死の乙女を見つけることができた。

遠目でしっかりと姿は確認できないものの、薄着で迷宮に一人でいる美女など、告死の乙女以外にはあり得ない。

「さて、見つけたのはいいが。あそこまでは通路が一直線ってのは怖いな」

「強力な魔法一発で、全滅は必至だしな。迂回路はありそうか？」

「これは経験からの勘ですが、安息地の左の壁に続く道があるんじゃないかなと」

斥候役の言葉を信じ、腕利きたちは別の通路を探す。ほどなくして、例の安息地に続く新たな道を発見する。

幸いなことに曲がりくねった道で、しかも安息地の近くで直角に曲がっているという、告死の乙女の魔法を警戒するなら絶好の通路だった。

「よしっ。俺たちはこの曲がり角で待つから、ここからはあんた一人で行ってくれ」

「へへっ、わかってますよ。お任せあれってな」

腕利きたちに見送られて、博打狂いの男性は安息地へ向かう。

通路を進む歩みは軽やかだ。

「ひひっ。迷宮の安息地に逃げた美女を抱き着いて捕まえるだけで、借金が消えるなんてなぁ。傷つけちゃいけねえからって、武器も防具も持っちゃいけねえってのが不安だけどさぁ。ひひひひっ」

組合長が語った偽の依頼の情報を信じて、博打狂いは告死の乙女に近寄っていった。

安息地に入り、さらに徐々に距離が狭まると、告死の乙女が急に振り向く。

感情がない表情で見られても、博打狂いは怯まなかった。

「ほほぇー。こいつはすげえ別嬪《べっぴん》さんだな、ひひっ」

博打狂いが思わず呟いてしまったように、この告死の乙女も絶世の美人だった。

眉の上で切りそろえられた前髪と、一つに纏められた後ろ髪は、透き通って青白くすら見える銀色だ。

細く長い眉の下にあるのは、紫色の瞳をたたえる大きな二重のツリ目。スッと通った鼻筋と薄く締まった唇も相まって、意思が強そうな印象を受ける。

豊かでありながら強い弾力を誇っている乳房と、腹筋の筋が見て取れることから、細く見えても筋肉質であることが分かる。

服装は胸部と腰元だけを青い布で覆っただけという大胆なもので、その小麦色の肌の大部分は外気に晒されている。

まさに、告死の乙女でもファルリアとは違った、野性美や自然美を集めたような姿だ。

そんな埒外の美貌を前に、博打狂いはゴクリと喉を鳴らす。

(ひひっ。抱き着いて捕まえるんだ、うっかりあの胸の感触を頰で確かめちまっても、役得ってもんだよな)

邪なたくらみを胸に、博打狂いはさらに近づいていく。

小麦色の肌を持つ告死の乙女は、男を警戒し、顔だけでなく体の向きまで変えた。

しかしテフランがファルリアと出会ったときと同じく、武器を持たない博打狂いに攻撃をしようとはしない。

固唾を飲んで見守る腕利きたちをよそに、真なる事情を知らない博打狂いは、あっさりと手が触れられる間合いまで侵入を果たした。

「ひひっ。よーし、いい子だ。つかまーえたっ！」

ぎゅっと腕の中に抱き寄せつつ、博打狂いは小麦色の乳房の谷間に顔を埋めた。

柔らかさよりも弾力が勝る肌の感触に、博打狂いの鼻の下が伸び、頰がだらしなく緩んでいく。

遠目でその姿を確認した腕利きたちは、何ごともなかったことに安堵し、同時に羨ましさがこみ上げてきた。

「あんなに簡単なら、俺たちでやればよかったな」

「おい、見てみろよ。あいつ、押し付けたまま左右に顔を振って堪能してやがるぜ」

そんな軽口を叩いていると、やおら告死の乙女が動き出した。

博打狂いの顔を右腕で抱えると、谷間のさらに奥に沈めようとするように抱き寄せたのだ。

柔らかさと極上の女性の匂いに、快楽に弱い博打狂いは依頼を忘れてしまう。

(この場でこの女を抱き敷いて、ヒーヒー言わせてやりてぇ)

博打狂いのその邪な願望は、しかし叶うことは永遠になくなった。

「Ｌｕｒａａａａａａａａ－」

なにせ、告死の乙女は左腕に密集して浮かばせた魔法紋を光らせ、その手で彼の腹から背までを貫いたのだから。

「ごばっ――なにが、おき……」

小麦色の乳房を吐き出した血で汚して、博打狂いは絶命した。

告死の乙女は、左腕に感じられた鼓動が止《や》んだことを確認すると、死体を通路の奥へと勢いよく投げ捨てる。覗き見していた腕利きたちがいる、その場所に向かって。

凄い速さで飛んできた死体が壁に衝突し、壁面に血花の模様が出現した。

衝突音と血煙の臭いに、腕利きたちは緩んでいた警戒感を引き締めなおす。

「撤退だ！　チクショウ、途中までは上手くいっていたようだったのに！」

「武器を持ってなければ、告死の乙女は攻撃してこない。これが分かっただけでも、上々の収穫ってことにしようぜ！」

やけくそ気味に言い合いながら、腕利きたちは急いで通路を走り逃げる。

そのとき、斥候役が悲鳴を上げた。

「うわわわ！　人を殺した告死の乙女は安息地から出てくるって噂通りに、こっちに走ってきてますよ！」

警告に、腕利きたちはなりふり構わない全速で走り始める。

背後に迫る素足の足音に怯えながらも走り続け、曲がりくねった通路を選んで引き離しにかかる。

そして当人たちにとっては永遠かと思える、短い逃走劇の果てに、どうにか撒くことに成功した。

「チッ。親方に報告しねえと。教わった方法じゃ、従魔にできねえってな」

「でも実際、とあるガキは従魔にしてるんだろ。丸っきりの嘘じゃねえはずだ」

「もしかしたら、その子供も理解していない、隠れた条件があるんじゃないですかね」

腕利きたちは告死の乙女から逃げきった安心感から、ああでもないこうでもないと会話しながら、十日かけて迷宮から脱出した。

組合に帰還して組合長に報告すると、任務に失敗したのに多量の報酬が払われた。

「わかっていると思うが、口止め料も込みだからな」

「これだけくれれば、俺たちの口は巌の堅さだっての」

そんな軽口を叩き合う両者。

だが、これから数日と経たないうちに、渡界者を殺しにくる小麦色の肌の女性が現れたという知らせが入るとは、この場の誰もが予想していなかったのだった。

□　□　□

テフランは渡界者として地道に力を上げつつあり、迷宮の第一地区限定ではあるが、どんな魔物との戦闘でも危うさがなくなっていた。

（前の仲間と一緒にいたときは、こんなに成長を感じたことはなかったのに……）

不思議に思ったテフランは、実力の伸びに関して考える。

（戦闘を一人でこなさないといけない緊張感が、成長につながっている——いや、危なくなったらファルマヒデリアが助けてくれるって信じているから、過度の緊張や怖気を感じずに済んでいるのか？）

考えている中で、テフランはついファルリアを見つめてしまう。

その視線に気づいて、ファルリアが嬉しそうに笑いながら近寄ってきた。

「どうかしましたか、テフラン。疲れたのでしたら、膝枕でもしましょうか？」

「疲れてない！　というか、迷宮の安息地でもない場所で、そんな真似できるか！」

「残念です。二軒隣の奥さまから、子供を甘やかすなら膝枕がいいって聞いていたのですけど」

しゅんとするファルリアの健気さが溢れる姿に、テフランの気持ちがぐらつく。

だが生活を共にしてきて、対処に慣れつつもあった。

「それって、からかわれただけだって。別に俺は、膝枕とか羨ましくないし」

慣れたとしても、年上の女性に弱いテフランが、本心を隠しきれるかは別問題だった。

やせ我慢に聞こえてしまう言葉選びに、ファルリアは少し驚いた表情をしてから、大変に幸福そうな笑顔になる。

「そうですか。膝枕はお気に召しませんか。そうですよね。テフランは、この胸の中に抱き入れられるほうが好きですよね」

「違うし！　別にどっちも好きなわけじゃ――」

「ええー。抱き寄せると、すぐに眠ってしまうではありませんか」

「谷間に埋められての窒息と、女性に抱きしめられる恥ずかしさで、気絶しているだけだから！」

本当の理由だとしても情けないことを叫んでしまって、テフランは羞恥で顔が真っ赤になった。

ファルリアはその表情を見て、楽しそうである。

「ふふっ。嬉し過ぎて気絶するほど、抱き寄せられるのが好きなのですね。ではこれからは、なにかあるたびに抱き入れることにします」

「そんなことされたら、いつか死んじゃうって！」

「胸に抱かれて死ぬ子供はいません。でも、恥ずかしさを克服するために、他のスキンシップも試みたほうがいいでしょうね。例えば、膝枕などはいかがでしょう？」

要するにファルリアは、是が非にでもテフランに膝枕をしたいようだ。

そして拒否したら、ところかまわずに抱き着くという、報復措置を取る気でいるらしい。

条件を飲んでも拒んでも、テフランにとっては辛い仕打ちが待っているようだ。

そのため、膝枕と抱き着きを天秤にかけて、少しでも楽なほうを選ぶしかなかった。

「……家に帰ったら膝枕をお願いするから、抱き着くのは控えめにして」

『止めて』と言わないあたりが、テフランも健全な青少年である証だった。

許しを得たファルリアは、天上の喜びを得たような満開の笑顔を咲かせる。

「膝枕は、出会ったときにして以来ですから、楽しみです。ということで、さっそく我が家に帰りましょう。膝枕して、頭もなでなでしてあげますからね」

「ちょっと、なにか新しい条件が加わっているんだけど！」

「気にせずに、ささ、早く帰りましょう」

ファルリアは笑顔のまま、テフランの腕を抱き寄せると、ぐいぐいと迷宮の外へ向かって歩き出す。

流石は迷宮の最強種。テフランの立ち止まろうとしたり、腕を振りほどこうとする努力を、その腕力で無効化してくる。

結果、どう頑張っても抜け出せないと悟ったテフランは、諦めてなすがままにされることにした。

その腕に押し当てられている、ファルリアの乳房の柔らかさを極力気にしないようにしながら。

ふと目を覚ましたテフランの目に飛び込んできた光景は、迷宮で見たことのあったものだった。

そのため、ついつい背中――転移罠で飛ばされた後、魔物の群れから逃げる際に怪我を負った場所に手を伸ばしてしまう。

当然のように怪我がないことを確かめたところで、ようやく寝ぼけから脱することができた。

（そもそも、ここは迷宮じゃなくて、組合が貸してくれた家の寝室だし）

テフランは体の力を抜きながら、あの日の既視感を覚えた原因である、膝枕をしてくれているファルリアに声をかける。

「知らないうちに寝ちゃってた。ごめん」

「いいえいいえ。テフランの可愛らしい寝顔が見られただけで、十分に役得です」

ファルリアが頭を撫でてきて、テフランは恥ずかしさで赤面してしまう。

だが頭皮に感じる手の温かさから、逃げようとはしない。

寝落ちする前にさんざん撫でられて慣れたことと、伝わってくる体温に愛情を感じる気がするからだ。

（ファルマヒデリアは告死の乙女なんだけどなぁ……）

魔物や魔獣は、迷宮で人間を襲うモノだ。

人間に慈しみを向けるはずのない生物のはずだった。

（従魔になったことで、性質が変わったとか？）

そう単純に考えかけ、頭の下にある太腿の柔らかさと、髪を撫でる手つきの気持ちよさに、段々とどうでもよくなってきてしまう。

テフランがぼんやりとした意識で揺蕩《たゆた》っていると、不意にファルリアが足やお尻の位置を少しずらす。少し経って、また同じことをした。

その小さな衝撃の連続で、テフランのぼんやりしていた意識がやや回復する。

「どうかしたの？」

「その。すこし、足が痺れてしまったんです」

恥ずかしそうな声に、テフランはハッとして頭を上げようとする。

「それは、ごめん。長々と頭を乗せちゃって」

「いえ。テフランの頭の温かさと重さを感じられて、大変に心地よい時間でしたよ」

テフランが体を起こすと、ファルリアは足を伸ばした。

足にむず痒さが走り、ファルリアの表情が苦痛に耐えるようなものに変わる。

その足を崩した格好と苦悶の表情に、テフランに悪戯心が湧いた。

そろそろと手を伸ばし、不意打ちで痺れている足をぐっと握る。

すると、ファルリアの口から初めて悲鳴が上がった。

「うひぃあ!? テ、テフラン。なにをするんですか」

豊かな丸みのお尻で這い退きながら、ファルリアは非難する。

いつもはどうあっても敵わない相手の弱々しい姿に、テフランの嗜虐心がむくむくと持ち上がった。

「俺のせいで足が辛そうだから、按摩《マッサージ》してあげようと思って」

「後でお願いしますから、今は止め――うひぅ?!」

「遠慮しなくていいから。ほらほら～」

出会ってから今まで翻弄され続けたお返しに、テフランは容赦なくファルリアの足を揉んでいく。

ぐっと力を入れられるたび、足に痺れが走る。そのむず痒さに耐えられず、ファルリアは魅力的な肢体をくねらせてしまう。

「うひぅ！ や、止めてください、テフラン。あうっ、んぅっ、本当に、これ以上は」

「こうして按摩すれば、血行が戻って良くなるはずだって」

調子に乗るテフランから逃げようとして、ファルリアのスカートが捲れあがった。

そうして現れた、覆われるもののない素足を、テフランは直接握る。

衣服越しとは比べ物にならない痺れが走ったところで、ファルリアがとうとう怒った。

「止めてくださいと言いました！」

ファルリアの足に現れた魔法紋が輝き、部屋の中に突風が吹き荒れた。

風の発生源近くにあるスカートがさらに捲れて、際どい下着が現れる。それと同時にテフランの体が浮いて、ベッドの外へ吹き飛んだ。

「どわあっ!?　あたたっ。家で魔法を使うのは卑怯じゃない？」

「卑怯なものですか！　そして弱っている相手を自分本位で痛めつけた悪い子は、お説教です！」

ファルリアはベッドに立って怒り顔で言い放つが、足の痺れは取れていないのか、腰が引けているうえに足が震えている。

（あの様子なら、逃げられそうだ。ファルマヒデリアの怒りが収まるまで、部屋の外に退散して――）

テフランが寝室の扉に視線を向けた瞬間、ファルリアの体に魔法紋が浮かんだ。衣服で見えない部分も含めて、模様は全身に現れている。

「テフラン。逃げようとしたら、わかっていますよね？」

「は、ははっ。まさか本気で、魔法を撃つ気じゃないよね？」

「どうでしょう。試してみますか？」

笑顔でも凄みを含んだ表情に、テフランは逃げることを諦め、大人しく小言を貰うことを選んだ。

「いいですか、テフラン。私とあなたは母と子の関係ですので、あえて言わせていただきますが――」

よほど痺れた足を弄り回されたことが腹に据えかねたようで、ファルリアの説教は長々としたものになった。

足を畳んだ状態で床に座らされているテフランは、その足に痺れと痛みが出てきて泣きそうになる。

（これ、れっきとした拷問じゃないか。いったい、いつまで続くんだよ）

地獄と言える時間が過ぎ、ファルリアの怒りも落ち着いてくる。

「ふぅっ。テフランも反省しているようですし、これ以上は言わないことにします」

「よ、よかったぁ……」

思わず安堵して足を崩したテフランは、ファルリアが楽しそうな笑顔になったことに気付かないまま、無防備に足を伸ばす。

「痛たたっ。足が痺れて、なんか変な感じがする」

「それは大変です。では按摩をしてあげますね」

「ハッ?!　ま、まさか、説教した上に、さらに仕返しする気!?」

「問答無用ですよ。うりゃりゃっ」

「うぃぃい?!　や、止めてー」

逃げようとするテフランを、ファルリアは圧《お》し掛《か》かって身動きできないようにすると、テフランの太腿やふくらはぎを力を込めて揉んでいく。

テフランは足に発生する言いようのないむず痒さと、遠慮なく押し当ててくるファルリアの乳房の柔らかさに、どんどんと心の余裕が削られていった。

やがてファルリアが満足した頃、テフランは精根尽き果てた表情で、床の上に大の字で横たわることしかできなくなっていたのだった。


ある日。テフランたちが迷宮に行こうと道を進んでいると、渡界者組合が騒がしいことに気付く。

不思議に思って顔を出してみると、職員が集まった人たちへの説明に追われていた。

「迷宮内で正体不明の人型の魔物が現れました。かなりの強敵で、既に多数の被害が報告されています。ご注意ください！」

「第四地区から移動して、第三地区で活動中とのことです。第二地区まで来ている可能性もあります。討伐隊によって安全が確保されるまで、迷宮への立ち入りを自粛してください！」

必死に声を張り上げる職員に、集まっていた渡界者たちから非難の声が飛ぶ。

「迷宮に入らずに、どうやって金を稼げって言うんだ！」

「その魔物ってのは一匹だけなんだろ。なら出会うはずがねえんだから、安全が確保されるまで待つまでもねえだろ！」

両者の大声がぶつかる音に、テフランは耳が痛くなる。

眉をひそめて立ち去ろうとすると、近くにいた職員に呼び止められた。

「テフランさん、組合長が部屋でお待ちです」

呼び出される覚えがないが、怒号から退避するのに都合がいいので、テフランはファルリアを連れて組合長室に入った。

すると、この場所の空気も変であることに気付く。

(なにか、厄介事の臭いがする)

テフランはそう察知はしたものの、新米渡界者と組合長の関係上、用向きを尋ねないわけにはいかなかった。

「組合長、俺に用があるって聞いてきたんですけど」

「ああ、ある。だがその前に、表の騒動を聞いていたか？」

「えっと、迷宮に危ない魔物が出たってことは耳に入りました」

素直に答えたテフランに、アヴァンクヌギは小難しい顔で頷く。

「そう、手強い人型の魔物が現れた。そいつは出会う渡界者を皆殺しにして、段々と出入り口に近づいてきている」

「ちょっと待ってください。会えば全滅させられているんなら、どうして報告が上がってきたんですか?」

「たまたま他の渡界者が皆殺しにされている場面を見て、一目散に逃げてきた者がいたからだ。実際、何組か有名どころが未帰還でな、全員が殺されたと考えている」

「そんな、まさか」

一匹の魔物の行いにしては、テフランが父親から聞いた話も含めても、前例のない規模の被害だった。

それは渡界者が生き残る術を身につけていることもあるが、それほどの被害を出す魔物は第五地区より奥から出てこないからでもある。

テフランが常識から外れた話に驚いていると、組合長秘書であるスルタリアが割って入ってきた。

「組合長。肝心な魔物の容姿を、テフランくんに伝えてませんよ」

「そうだったな。さて、噂の魔物というのはだ、なんでも飛び切りの美人に見えたんだそうだ。それも、小麦色の肌と『紫色の瞳』を持っているらしい」

アヴァンクヌギが強調した言葉に、テフランは驚きで目を見開いた。

「告死の乙女が迷宮を徘徊して、人を殺しているってこと!?」

その大声に、アヴァンクヌギは我が意を得たりと話を続ける。

「その通り。新たな告死の乙女は、出会う渡界者を殺しつつ、発見された第四地区から第三地区へ。予想じゃ、第二地区に入っていてもおかしくない場所にいるんだとよ」

「第二地区って、新米でも無理すれば入れる場所だ……。どうしてこんなことになっているんですか」

テフランの質問に、アヴァンクヌギは首をすくめる。

「過去にあった告死の乙女の事例と照らしても、今回は異常なんだとさ。特に、迷宮の出入り口に近づいているって点がな」

「このままだと、魔物は迷宮の外に出ないという通説通りなら、出入り口付近を陣取られてしまうでしょう。ですが、迷宮の外に出てくる可能性もあるのではないかと、組合側は考えています」

スルタリアは実例があると言いたげに、ファルリアを見ながら補足する。

アヴァンクヌギが、その説明の後を繋いだ。

「迷宮に留まるにせよ、町中に入ってくるにせよ、迷宮から得られる物品で経済が成り立っているこの町は終わりだ。そんで組合長の俺は、責任を取らされて処刑だな」

ここまでの内容に、テフランは理解を追いつかせることで精一杯だった。

「こんな重大なことを、俺に教えたってことは……」

新米であるテフランには、こんな大事の解決は無理だ。

となれば話が向かう先は、自然とテフランの従魔であるファルリアということ。

そこまで理解が追いついたと見て、アヴァンクヌギはテフランに依頼を出す。

「同じ告死の乙女をぶつけることで、事態の収束を図りたい。引き受けてくれるな」

有無を言わせないアヴァンクヌギの迫力に、テフランは口内が渇ききってしまって声が出せなくなる。

すると二人の間に、ファルリアが入ってきた。

「その提案。断固として、お断りします」

微笑みと共に放たれた力強い言葉に、アヴァンクヌギは少しだけ言葉を失った。

「……悪いが、これは強制だ。断る気なら、テフランの渡界者資格をはく奪した上で、他の地域や国にも手を回して、金輪際活動できないようにするぞ」

地底世界に行きたいテフランには、それは夢の断念をも意味していた。

しかしそれはテフランにとってだけで、ファルリアにとっては別の意味になる。

「組合長直々に辞めさせてくださるのなら、私としては願ったり叶ったりです。これでテフランが危険な迷宮に入ることがなくなるのですから、お礼を言いたいほどです」

本気で嬉しそうに語る姿に、アヴァンクヌギは呆気に取られて二の句が継げていない。

その間に、ファルリアは話を先に進めようとする。

「ほらテフラン、もう渡界者ではなくなったのですから、お暇《いとま》しましょう」

ファルリアは嬉々としてテフランの腕を取り、部屋から出ていこうとする。

それを危うく見送りそうになって、アヴァンクヌギとスルタリアは慌てて呼び止めた。

「ちょっと待て、なりふり構っていられる状況じゃないんだ。こっちは本気だぞ！」

「テフランくんのためにも、少し考えて返事をしたほうがよいのではありませんか？」

二人の必死な声にも、ファルリアは聞く気がない態度だ。

しかし、テフランが懸命に踏みとどまろうと頑張っているので、ファルリアは肩をすくめ、アヴァンクヌギに向き直る。

「私にとって、テフラン以外が何十人、何百人と死のうと知ったことではありません。そもそも『噂の彼女』が迷宮の出入り口に向かっていることが本当なら、組合長がなにかしら失敗をしたに違いありません。そうでなければ、あり得ない事態です」

明確な断言に、アヴァンクヌギは警戒感から目を細める。

「……なにか知っているようだな」

「なにも知りません。ただし、噂の彼女がそうなる理由は、それしか考えられません」

「詳しく説明しろ」

「告死の乙女に関して、あなたに教えることはありません。身から出たサビですから、ご自分でどうにかしてくださいね」

取りつく島のない様子に、アヴァンクヌギは苛立つ。

「こちらの頼みを断ったら、テフランは渡界者でなくなるんだぞ。どうやって生きていく気だ」

「この町で暮らしてみて、人間の生活はおおむね理解しました。料理も覚えましたし、仕事なら私が『魔道具師』になりますので、テフランが食うには困らせません」

なり手が少ない反面、需要が高い職種の名前が登場したことで、アヴァンクヌギは苦い顔で攻め方を変えることにした。

「それなら、テフランを逮捕して、お前に言うことを聞かせる材料にするぞ」

その脅しで、ファルリアは口元は笑みの形のまま、目を冷淡に細めた。

「そんな真似をする人がいたら、いま迷宮で暴れているほうとは別の告死の乙女が現れて、この町が灰燼に帰すことでしょうね」

ファルリアの無機質に変じたような瞳に、アヴァンクヌギは抜き身の剣を首に当てられているような気がした。

スルタリアも異常を感知し、服に仕込んでいた暗器を取り出そうとする。

だがその前に、ファルリアが視線でその身動きを制していた。

生きた心地がしない空気が充満する中で、テフランだけが別世界にいるかのように、気軽にファルリアの腕を引っ張ってみせる。

「ファルリアお母さん。組合長もスルタリアさんも、俺を人質にすることを考えるほど困っているんだ。ちょっとは話を聞いてあげるべきだ」

「……むぅー。もう、テフランは性根が優しいんですから。でも、そういうところが愛おしくもあるので、対応に困ってしまいます」

ファルリアは威圧感を消し去ると、子供の我がままに弱い母親のような態度で、テフランを抱きしめた。

窮地を脱したアヴァンクヌギとスルタリアは安堵しながら、テフランの機転に感謝の念を送る。

仕切り直しを挟み、アヴァンクヌギは改めてテフランたちに依頼をした。

「俺から頼みたいことは、迷宮で暴れている告死の乙女を、どうにかしてほしいってことだけだ」

曖昧な表現に、テフランは首を傾げる。

「どうにかって、具体的にはどうすればいいんですか？」

「手足をもいで無力化するなり、痛手を負わせて迷宮の奥へ追い払うなり、お前の新しい従魔にするなり。渡界者にとって害にならない存在にしてくれりゃ、それでいい」

「軽く言いましたけど、できないからこそ、組合長はファルリアお母さんに頼んでいるんですよね」

「無茶を頼んでいるのは分かってるって。つーわけで成功報酬は、俺が差し出せるものなら何でもくれてやるよ」

破格な提示に、テフランは目を丸くする。しかしファルリアは興味なさそうだ。

二人の相対する姿に、アヴァンクヌギは手振りでスルタリアに発言を促した。

「ファルマヒデリアさん。報酬は、依頼する組合長と依頼されるテフランくんの間で締結されるべきものです。私と一緒に、少し外でお待ちください」

ファルリアは露骨に嫌がるが、テフランにも「頼む」と言われてしまったので、不承不承に従う。

「なにかされそうになったら、『ファルリアお母さん、助けて！』って叫ぶんですよ」

「危なくなっても、そんなこと言わないし！」

「むぅー。なら、大声で助けを呼ぶだけでいいですから」

スルタリアと共に、ファルリアは部屋の外に出た。

アヴァンクヌギは知らずに入っていた肩の力を抜き、テフランを手招きで近寄らせた。

「さんざん脅すようなことを言って、いまさらだがな。本当に頼るあてが、テフランしかない。どうにかファルマヒデリアを説得してくれ」

テフランはここまでのやりとりで、アヴァンクヌギに反感がないというと嘘になる。だが最悪な事態になる前に、収束させたいとも思っていた。

それでも、やりたいことと出来ないことの区別はついている。

「ファルリアお母さんは、大抵のことなら、俺の言うことを聞いてくれます。けど、譲らないことは決して譲らない性格ですよ」

「どんなことは融通してくれないんだ？」

「例えば、一緒にお風呂に入りたがることとか、ベッドに忍び込んできて抱き枕にしてくることとか、町中を歩くとき腕を組みたがるとか」

生活をする中で、ことあるごとに止めてと要望しても、ファルリアはこれらの事柄は一向に止めようとはしないのだ。

これらのことは、青い感性を持つテフランにとって悩みの種なのだが、アヴァンクヌギには違って聞こえたようだった。

「ケッ、惚気やがって。それぐらいテフランがやってやらないから、不満感でさっき反発してきたんじゃねえのか」

「俺に母親がいないからって、親子でそんなことはしないってわかってますからね！」

「本当に親子じゃねえんだから、お前らはやることだってやっちまえるんだぞ。腕を組んだり抱き着くぐらい可愛いもんじゃねえか。やってやれよ」

「……やることって、なんです？」

「そりゃあ、魔物の一種とはいえ肉体的には人間と変わらないんだろ。なら、夜のお相手に決まっているだろうが」

わざとらしい下卑た笑みでの言葉に、テフランは思考停止してしまった。

その反応に、アヴァンクヌギは唇をさらに笑みで歪める。

「お前だって年頃の男だ。誘惑に負けてイタしても、誰からも文句は言われねえよ。それにファルマヒデリアのほうは、そんな関係になってもいいと思っているっぽいしな」

悪魔の囁きのような言葉に、テフランは口ごもりながら言い返そうとする。

しかし言葉が結実する直前、部屋の扉が勢いよく開け放たれた。

ずかずかと入ってくるのは、ファルリアだ。その後ろには、押し留められなかったことを申し訳なさそうにする、スルタリアがいる。

「もう内緒話には十分な時間が経ちました。テフラン、お暇しましょう」

「え、ちょ、まだ話は終わって――」

「こっちが言うべきことは全部言い終わった。テフラン、後は任せた」

「事情はよくわかりませんが、テフランくんの奮闘を期待しています」

「そんな～～～！」

理不尽さに悲鳴を上げるテフランだが、ファルリアは二度目の機会を与える気はないらしく、腕を掴まれて帰路につかざるをえなかったのだった。

家に戻ったテフランは、早速ファルリアの説得に乗り出した。

例の告死の乙女が暴れ続ければ、このショギメンカの町がどうなるかを説いて、親交のある近所の奥さんたちを話の中に登場させたりする。

しかし、まるっきり効果はなかった。

「情報を収集するために人付き合いを持ちましたが、あの人たちが不幸になっても思うことはありません」

「それって、あまりに冷たくない？」

「だって私にとって大事なのは、テフランだけですから」

とっかかりすら見つからない状況に、テフランは頭を抱え、ひとまず説得は諦めた。しかし説明は求める。

「どうして依頼を絶対に受けないのか、理由は教えてくれるよね？」

「何度も言っていますが、私はテフランが迷宮に入ることに反対です。そのうえで、テフランの地底世界に行きたいという夢を、応援しようと思うようになりました。ですが、応援する気持ちだけで、告死の乙女が暴れている場所に向かわせられません」

「ファルリアお母さんは同じ告死の乙女なんだし、追い払えるんじゃないの？」

テフランは、ファルリアの実力を知っているからこその信頼感で尋ねたのだが、返答は意外なものだった。

「正直、厳しいと言わざるを得ませんね」

「え?!　それはまた、どうして？」

「私と噂の彼女とでは、告死の乙女の体構造《タイプ》が異っているようだからです」

テフランが良く分からずにいると、ファルリアは詳しい説明に入る。

「私は告死の乙女の中で、万能型や汎用型と呼べる存在です。掃除洗濯から戦闘に至るまで、色々な魔法や戦闘技術を扱えます」

「ファルリアお母さんが万能型だとしたら、例の彼女は？」

「廊下に出てた際、秘書のスルタリアから詳しい情報を聞き出しました。噂の彼女の腕に密集した魔法紋が浮かび、その腕で人を貫いたそうです。そのようなことが出来るのは戦闘型、しかも接近に特化した型です」

「名前からして、ファルリアお母さんより戦いが上手そうだね」

「実際にその通りです。戦闘という一分野においては、私より高性能ですよ」

「つまり、戦いになったら勝てないってこと？」

「遠距離戦に終始すれば、負けることはありません。ですが、迷宮という限られた空間しかない場所で、テフランを守りながらとなったら……」

　言葉を濁しているが、勝算は限りなく低いと言っているようなものだった。

　ファルリアに勝《まさ》る存在がいるという事実に、テフランは驚愕する。

「つまり、勝てない相手だから、組合長の依頼を拒んでいる。そういう認識でいい？」

「たしかに真っ向勝負では勝てない相手ですが、依頼を拒むのは別の理由からです。第一依頼内容は、噂の彼女を渡界者に迷惑をかけない存在にすることですよ。その条件なら、勝たずとも達成する方策はいくつでもあります」

「それなら、どうして拒否するんだよ」

「策のどれもこれもが、一か八かの危険を孕んでいるからです。そんな危険を冒すぐらいなら、テフランと他の場所に移り、新たな生活を始めたほうが安全確実です」

「そういえば組合長室で、魔道具師をするって言っていたっけ。あの職業なら、食うに困らないお金は手に入るだろうけどさ」

武具や道具に魔法紋を刻む職業である魔道具師は、人間以上に魔法紋に通じている告死の乙女には天職だろう。

こうした話し合いで、テフランはファルリアの内実を知り、真っ当な説得を諦めた。

でも最終手段は残っていて、実際に提案するかで迷いはあったが、テフランは舌で唇を湿らせた。

「こっちも何度も言っている通りに、俺は渡界者を辞める気はないからね」

「辞める辞めないは問題ではありません。私はテフランにこの依頼は受けさせません。そうしたら、テフランは組合長に渡界者の資格をはく奪されるんですから」

「いや、依頼は受ける。ファルリアお母さんが許可してくれそうな方法を二つ、思いついているからね」

テフランの自信がありそうな言葉に、ファルリアは余裕の微笑みで受け止める。

「では、その方法とやらを披露してみてください」

「それじゃあ――ファルリアお母さんが手伝ってくれなくても、俺が一人で迷宮に入って、例の告死の乙女と対峙するから」

テフランの言葉に、ファルリアはあ然としてから怒り顔へ変貌した。

「なにを言っているんです。そんなことは許さないと言いました！」

「許しならいらない。勝手に行くし」

「絶対にさせません。それでも行こうというのなら」

「俺を縄で縛る？　それとも手足を折って動けないようにでもする？」

「いいえ。私は泣きます」

言葉の途中で、ファルリアの目尻にジワリと涙が出てくる。

これにテフランは慌てた。余りにも予想外の反撃だったのだ。

男性は美女の涙に弱いのが常だが、母親がない状態で育ったテフランは、それに輪をかけて弱かった。

テフランが対応に困っている間にも、ファルリアの目に涙が溜まり、もう少しで零れ落ちそうになる。

テフランは狼狽《うろた》え、この手は止めることにした。

「わかったよ。一人じゃ行かないって約束する」

「ぐすっ。テフランなら、そう言ってくれると信じていました」

ファルリアは目尻に浮かんだ涙を指で拭きながら、安心感から微笑む。

その心の隙をつくかのように、テフランの最終手段が放たれた。

「あーあー、残念だなー。ファルリアお母さんが手伝ってくれれば、確実に例の告死の乙女も俺の従魔になったんだろうけどなー」

棒読みの極みのような台詞だったが、ファルリアの目から潤みが消えた。

「噂の彼女を、テフランは従魔にする気だったんですか？」

普通に考えたら、新しい女性を手に入れようとしている失礼な発言であることは、テフランも自覚していた。

しかし、ある確信を抱いて聞き返す。

「やっぱり、ダメかな？」

すると、ファルリアの顔が喜びでいっぱいになった。

「それは大変いい考えです。そういうことなら、早めに教えてくれればよかったんです。そうしたら、私だって頑なに反対しなかったどころか、こちらから喜んでお手伝いを申し出たに違いないんですから」

「……あれ？　本当にいいの？」

予想していたとはいえ、あまりにもあっさりと了承されたことに、テフランは拍子抜けしてしまう。

一方でファルリアは、いつになく意気軒昂としていた。

「戦闘型が従魔になれば、テフランの身の安全はさらに確かなものになります。それに、二人がかりで世話をすれば……」

意味深な発言と目くばせに、テフランはドギマギして、つい話を逸らしてしまう。

「とにかく、迷宮に入って、例の告死の乙女と戦ってくれるんだよね？」

「もちろんです。でもその前に、テフランが彼女を従魔にするための、事前準備や予行練習が必要です」

「えっ？　告死の乙女って、武器を投げ捨てれば攻撃してこないんじゃないの？」

実体験からそう理解していたテフランに、ファルリアは首を横に振った。

「いまの彼女は、テフランと出会った私とは別の考え方――『武器を持ってない人間すら滅するべき』と考えて行動していると思われます」

「なんでまた、そんな考えに？」

「予想ですが、武器を持っていない人間に害されたからでしょうね。例えば、素手で殴られたとか、邪な感情で押し倒そうとしてきた、とかです」

「その条件で怒るなら、俺も結構危なかったような……」

なにせテフランは、ファルリアの顔に血反吐を浴びせた後で、その豊かな胸に倒れ込んだのだ。

一歩間違えれば、告死の乙女が『害された』と受け取る可能性があった。

ファルリアは当時のことを思い出して、気恥ずかしそうな表情に変わる。

「あのときのテフランは大丈夫ですよ。誠実な気持ちで接してくれていましたから」

（そうだったっけ？）

テフランは口を噤んで思い返してみる。

あのとき、死を前にした静かな感情で、ファルリアに殺されようとしていた。

そこに邪な感情は、たしかに一抹も含まれていなかった。

しかし、それが誠実な感情だったかと問われると、テフランは首を捻りたくなる。

「誠実だったかはともかく。あのとき邪な感情を持っていたら、ファルリアお母さんを従魔にはできなかったってこと？」

「必ずしもそうというわけではありませんけれど、そんな気持ちで体に触れられていたら、遠慮なく攻撃していたでしょうね」

「念のために聞くけど、ファルリアお母さんみたいに、告死の乙女って全てが美女なんだよね？」

「まあ、面と向かって美女だなんて、テフランはお世辞が上手になりましたね」

ニコニコと嬉しそうにする、ファルリア。

その見惚れてしまいそうな笑顔を見て、テフランは顔をひきつらせた。

（こんな美女に邪な感情を抱かないなんて、人間だったら男女ともに無理だろ）

テフランの予想は正しく、告死の乙女の美貌を前にすれば、男性なら劣情の、女性なら嫉妬の感情からは逃れられない。

それゆえに、人間の長い歴史でも告死の乙女を従魔に出来た猛者が現れなかったと、容易に想像がついた。

告死の乙女の従魔化にあった意外な落とし穴に、テフランは頭痛がする気分になる。

「なんにせよ、いまの俺が例の彼女に会ったら、攻撃されることは確定だよ」

「組合長が失敗する前なら、私なしでも、噂の彼女をテフランの従魔にできたはずなのに、残念なことです」

「失敗する前に会っていても、たぶんダメだったと思うけどなぁ」

ファルリアに出会う前なら、テフランには極度の純情さから一抹ほどの可能性はあっただろう。

しかし、ファルリアと暮らす中で過剰なスキンシップを受け続けたことで、テフランは知ってしまった。

告死の乙女の肢体は、人間の理想を凝縮したような、柔らかで芳《かぐわ》しく極上のものであることを。

あの感触を例の告死の乙女に投射せずにいられるほど、テフランは聖人君子でも性欲が枯れているわけでもない。むしろ共同生活で発散する機会が失われているからこそ、澱のように溜まっている節があった。

こんな状態で告死の乙女の前に立ったりしたら、真っ新な状態であったとしても、邪な感情から攻撃を受ける羽目になることを、テフランは確信していた。

自分が死ぬ想像に身を震わせてから、テフランはファルリアの目をじっと見つめる。

「暴れている告死の乙女でも、ちゃんと従魔にできるんだよね？」

「多少のコツと練習、そして戦闘が要りますが、私が手伝えば実行は可能です」

「……その『実行は』ってところに不安があるけど。よしっ、ファルリアお母さん、その方法を教えて！」

気合を入れて教えを求めたテフランに、ファルリアは微笑みながら頷いた。

「テフランには経験が足りませんから、私がちゃんと一から十まで教えてあげますね」

ファルリアは優しく伸ばした手で、テフランの頬にゆっくりと触れた。

なにを教えてくれるのか待つテフランに、ファルリアはゆっくりと顔を近づけていき、当たり前のように唇同士をくっつけた。

突然の凶行に驚愕するテフランの口内へ、ファルリアは容赦なく舌をねじ込んでいく。

「んんぅ～～～～!?」

暴れ回る蛇のように、ファルリアの舌が蹂躙を開始した。

テフランは驚きと混乱、そして羞恥で顔を真っ赤にしながら、どうにか放してもらおうと暴れる。

だが、いつの間にか首の後ろと腰を抱き寄せられていて、逃げるに逃げられない状態になっていた。

このままの数分間、テフランの感覚では永遠といえる時間が経ってから、ファルリアは唇を離して満足そうに微笑む。

その出会ってから一番の艶めいた表情を、至近距離で目撃する羽目になり、テフランの顔はさらに赤く染まった。

「な、なんで口づけなんか――」

『口づけ』と自分で言ったことでの回想が起こり、一層の興奮と羞恥が押し寄せる。

これがダメ押しとなり、どうにか耐えていたのに限界がきてしまった。

「――はうっ……」

これ以上の情報を得るのを脳が拒否して、テフランは気絶した。

頽《くずお》れそうになる体を、ファルリアは優しく抱き寄せる。

「この程度で気絶するようでしたら、何日かかけてじっくりと教え込む必要がありますね。ふふふ、これは楽しみです」

ファルリアはうっとりとしながら、テフランがしっかりと目を回していることを確認すると、今度は唇を触れさせるだけの軽いキスをした。

すぐに顔を離して喜色満面の笑みを深め、テフランを看護するために寝室へ運んでいったのだった。

告死の乙女を従魔にする準備が整ってから、テフランはファルリアの説得に成功したことをアヴアンクヌギに伝えた。

　すると大変に喜ばれた。

「よかったぜ。この数日間で新たな被害者が出たが、これで少しは安心できるな」

「被害って、迷宮に入ることを自粛するようにって、職員さんが言ってたような？」

「話を聞かねえヤツっていうのは、どこにも一定数いるもんなんだよ。むしろ、他の連中が入らないなら儲けを増やせるって、嬉々として迷宮に向かう馬鹿もいやがる」

「入る人が減ったからって、魔物を倒すのは自分たちなんだから、さほど儲けはかわらないんじゃないですか？」

「倒される数が減るから、出くわす可能性は上がるぜ。もっともその分だけ、危険度も割り増しだけどな」

　そんなやり取りをした後、テフランたちが迷宮に入ると、予想以上に多くの渡界者と迷宮内で出くわした。

「組合長《おやかた》には困ったもんだぜ。こちとら稼がなきゃ、酒の一杯も飲めやしねえってのに」

「噂じゃ、例の強え魔物ってのは第三地区にいるってことだ。なら腕っこきの同業者が倒すのを待たなくたって、第二地区までは安全ってこった」

　口々に放たれる勝手な主張に、テフランは苦笑いしてしまう。

（組合長が頼りにした渡界者が俺たちだって知ったら、この人たちはどんな反応をするんだろう）

人の悪いことを考えながら、彼らの横を通り過ぎ、組合長から渡された最新版の地図を手に迷宮の奥へと向かう。

それから少しして、魔物の大ネズミに出くわし、テフランは剣を振り下ろした。

「たあああああああ！」

気合を込めて一閃。

頭を両断されて息絶えた大ネズミに、ファルリアは拍手して喜んでいる。

「お見事です。それと剣に施した魔法紋は、ちゃんと扱えているようですね」

ニコニコ笑顔での言葉通りに、テフランが握っている剣には魔法紋が輝いている。

「この魔法紋は、斬れ味を増すのと、折れにくくするものだったっけ？」

テフランが剣に集中していた意識を途切れさせると、魔法紋の輝きが消えた。

普通の剣身に戻ったことを確かめて、いま倒したばかりの大ネズミに目を向ける。

「魔法紋を起動して斬ると、斬れ味が全く違うってことに驚いたよ。流石は『魔剣』だってね」

以前に魔道具屋に就けると豪語しただけあって、ファルリアの腕は確かなものだった。むしろ人間の魔道具師よりも上手そうでさえある。

テフランに褒められ、ファルリアは誇らしげだ。

「私が手ずから刻んだ魔法紋です。人間が使う既存のものより、効果は何割も上なんですから、当然の結果です」

自慢げに胸を張るファルリアに、テフランは苦笑いする。そして、つい思ったことを口に出してしまう。

「こんなにすごい魔法紋を刻むことができるならさ、剣と鎧だけじゃなくて、俺の体に入れてくれたって――」

「その話は以前に決着がつきましたよ。それよりなにより、私にテフランの体を傷つけろだなんて、なんて惨いことを言うんです」

間髪を容《い》れない涙を浮かべての抗議に、テフランはすぐに前言を撤回する。

「ごめんなさい。つい魔が差した。俺が悪かったから、泣かないでよ」

「もう二度と、魔法紋を体に刻むなんてこと言わないですね？」

「うぐっ……言わないって、約束する」

「これから先、永遠に魔法紋を体に彫り入れたりしませんね？」

「…………」

別の人に頼めばいいという小狡《こずる》い考えを持っていたため、テフランはつい口ごもってしまう。

すると、ファルリアの目に大粒の涙が現れ、もう少しで落ちそうになる。

このままいくと大泣きされると理解して、テフランは降参した。

「これから先も、体に魔法紋を彫り入れないって約束します！」

「ふふっ。テフランは聞き分けが良くて、私は嬉しいです」

目に浮かぶ涙を指で拭い取りながら、ファルリアは悲しみが少し残った表情で微笑む。

珍しい愁いの表情に、テフランは見惚れて顔を赤くしてしまう。

（泣かれたり、そんな顔をされたら、意見を引っ込めるしかないじゃないか……）

あえて心の中で毒づくことで、テフランは気持ちの均衡を取り戻すことに成功した。

「試し斬りも終わったし、早く先に行こう。この間にも、例の告死の乙女は出入り口に近づいてきているんだから」

決意を口に一歩を踏み出そうとして、のんびりとしたファルリアの言葉がやってくる。

「その点はあまり心配はいりませんよ。噂の彼女だって、人間だけを襲っているわけではないはずですし」

「あれ？　告死の乙女って、人間だけを襲うんじゃないの？」

「違います。迷宮にいる人間と魔物、どちらも滅するべき対象です。狙う順番から言えば、強い人間、強い魔物、弱い魔物、弱い人間の順ですね」

「弱い人間、弱い魔物の順序じゃないんだ」

「脅威度が違います。魔物は素手でも生命体を殺せますが、人間は難しいですからね」

テフランが理由を理解したところで、周囲の景色が少し変化した区域に侵入した。

出入り口から続いていた洞窟然とした通路の中に、ちらほらと坑道のように整地された部分が見受けられる。

（ここからは第二地区で、現れる魔物がより強くなる。気を引き締めていかないと）

ファルリアお手製の魔剣と魔鎧があれど、テフランは実力的にはまだまだひよっこだ。気を抜いていたら、告死の乙女に出会う前に、他の魔物の餌食になりかねない。

テフランは気合を入れ直して前へ進もうとして、その肩をファルリアに摑まれた。

「ここからは、私も戦闘に参加したほうがいいと思うので、許可してくれますか？」

その提案に、テフランは悩んだ。

（ファルマヒデリアの力に頼るのは、俺の実力の向上のためにも極力控えたいんだけどなぁ。でも今回は緊急事態で、一刻も早い解決が望まれているし……）

だからこそテフランは信条を曲げて、魔剣と魔鎧をファルリアに用意してもらった。それを踏まえれば、ここで助力を拒否することこそ筋が違うと判断した。

しかし、自身のプライドとの兼ね合いで、ファルリアに条件を一つ出す。

「今回に限って、手伝って欲しい。それと、これは手前勝手なお願いだけど、俺が危なくなるまでは極力手出ししないで欲しいんだ。それでもいい？」

真っすぐに見つめながらの言葉に、ファルリアは困った。

「もう、仕方がありませんね。テフランは言い出したら頑固な面がありますから、そのお願いを聞き届けるしかないじゃないですか」

「むっ。頑固なのは、ファルリアお母さんもだよ」

「テフランのことに関しては、私はたしかに頑固ですね。そう考えると、私たち二人、似たもの親子ってことですよね」

嬉しそうに語るファルリアに、テフランは思い浮かんだ言葉を視線を逸らして言う。

「……偽装でも義理の母子なんだから、似てないより似ていたほうがいいよ」

赤い顔でつっけんどんに言ったテフランを、ファルリアは満面の笑みで抱き寄せる。

「ああ、もう、テフランたら恥ずかしがっちゃって。とても可愛らしいです」

柔らかく温かく包み込んでくる乳房の感触に、テフランの顔はさらに赤くなる。

しかしファルリアとの共同生活も長くなり、何度も同じ感触を経験してきたため、これで気絶しないぐらいには耐性はついていた。

テフランは谷間から脱出するべく、ファルリアの体を手で押す。

「ぷはっ。だから、いきなり抱き着いてこないでよ。それに、迷宮で顔を覆われちゃうと、危険の対処に困るから」

「ふふっ、心配はいりませんよ。親子の団欒に水を差すような無粋な輩は、ああしてやりますから」

ファルリアが指す先を見ると、猿を人間より大きくしたような魔獣が転がっていた。

胴体には大穴が空いていて、その縁は焼けて燻っている。

（いつの間に倒したんだ。というより、この魔物が来たこと気づかなかったんだけど……）

テフランが背筋に冷たさを感じていると、ファルリアが微笑みを向けてきた。

「気付いていないようでしたから、危険と判断して倒したんです。余計でしたか？」

「いや、助かったよ。けど、これから先は自分で気付けるように努力するから」

己の力不足を自覚したテフランは、より一層気持ちを引き締めて、迷宮を進むことにした。

その横で、ファルリアは微笑ましそうに、テフランの決意を見守っていたのだった。

四章　小麦色肌の告死の乙女

組合《ギルド》長からの情報にあった、例の告死の乙女がいるという場所に行くには、一日ではとても足りない。

そのため、テフランとファルリアは迷宮内で野営をする必要があった。

テフランのような新米の渡界者にとって、関門の一つに数えられる、この野営。

だが、二人は迷宮の奥から脱出する際に体験しているため、特に緊張感はない。

テフランは当時のことを思い出して、少しげんなりとした表情になる。

（魔物を単に丸焼きにしたものが食事だったなぁ……）

あのときは生死の瀬戸際だったため、塩すら振っていない食べ物に、苦情を入れる気はなかった。

しかし、今回は準備期間があったというのに、ファルリアの提案で保存食を買うことを止められていた。

（迷宮の中でも料理はちゃんと作れるから、とは言っていたけど……）

不安そうに見るテフランの先にあるのは、彼自身がついさっき仕留めた魔獣の死体と、塩や香草などの調味料。

それらの食材を前に、ファルリアは木皿を用意しながら楽しそうにしている。

「それでは作っていきますからね。すぅ――Ｒａａａａａー」

ファルリアは胸元に手を当てると、魔獣の死体へ向かって歌声を上げげた。

さしずめ鎮魂歌を捧げているようだが、そうではない。

歌声が伸びやかになるにつれて、ファルリアの全身に魔法紋が浮かび、そこから光の粒子が発散される。

幻想的な姿にテフランが見惚れていると、獣型の魔物の死体に変化が現れた。

まず服を脱ぐように毛皮が剝がれ、血潮が蛇に変わったかのように傷口から体外へひとりでに流れ出ていく。そうして現れたピンク色の肉と骨は、魔法によって流体と化す。

ピンク色の粘液魔物《スライム》のようなものに変わった肉が、香辛料を飲み込んだ後、ファルリアが差し出した木皿に勝手に入っていく。

奇妙で気色悪い光景に、テフランはつい顔を背けてしまう。

（魔法料理は慣れたと思っていたけど、素材がさっき殺したばかりの魔獣だと思うと、変な気味悪さがくるな）

食欲が失せそうなテフランの眼前に、木皿が差し出された。

「どうぞ。今回も美味しくできましたよ」

にっこり笑うファルリアを見て、テフランは思考を切り替えた。

（とりあえず、食べてみよう。作り方は変でも、いつも味は美味しいし）

テフランが決心して皿を受け取り、中身を見る。

目を離す前はピンク色の粘液だったが、現在は美味しそうにパリッと焼けた腸詰め《ソーセージ》に変化していた。

相変わらずの不思議さに、少しの間キョトンとしてから、テフランは困惑した目でファルリアを見る。

「これに使われている腸って、魔獣のものをそのまま使っているわけじゃないよね？」

「もちろん、魔法を使って再現したものです。日頃から試行錯誤してましたから、食感は本物と遜色ないものであると自負しています」

胸を張るファルリアの言葉に安心して、テフランは腸詰めを一つ取り上げる。

どこからどう見ても、試しに嗅いでみても、町中で買えるものと変わらないように感じられた。

第六感からの警鐘もないので、テフランは魔法料理で作られた腸詰めに噛みつく。

「んぅ?!　美味しい!!」

テフランが思わず叫び声を上げてしまうほどに、極上の味だった。

先を急ぐように何本かある腸詰めを次々に食べていくと、それぞれ歯ごたえや味に変化がつけられている。

テフランは食感が楽しくて夢中で食べ進め、あっという間に木皿を空にしてしまった。

「こんだけ美味しいと、もっと食べたいんだけど。お代わりある?」

「もちろんです。とりあえず、こちらをどうぞ」

ファルリアが持っていた皿を差し出してきたので、テフランは眉を寄せる。

「これって、ファルリアお母さんの食べる分じゃない?」

「まだ材料は残っていますから、いくらでも作れます。テフランは気にせず、存分に食べていてください」

発言通りにファルリアの横には、一抱えはあるピンク色の塊が鎮座している。

(あれだけの量が残っているなら遠慮する必要はないな)

テフランは安心して、有り難くファルリアの手から皿を受け取った。

音を立てて嚙み切られる腸詰めの美味しさに、頰が緩むテフラン。

その姿を心地よさそうに見ながら、ファルリアは次のお代わりを創造する。密かに、先ほどとは違う味わいと歯ごたえになるように調整をして。

この一工夫が、再びお代わりをしたテフランの琴線に触れ、三度四度と新しい腸詰めを求めてしまう結果となる。

こうして迷宮の中だとは思えない美味しい料理に舌鼓を打った後、睡眠を含めた休憩をとってから、小麦色肌の告死の乙女を探す行進を再開したのだった。

魔物との戦闘以外では、テフランは苦難なく迷宮を進む。

その戦闘とてファルリアの力を借りれば、全く問題はなかった。

だが、テフランにも男の子としての意地がある。

（ファルマヒデリアが積極的に戦いに割って入ってこないってことは、第二地区の魔物は俺の実力で勝てるはずなんだ。それなら、俺一人で戦って勝つべきだ！）

少しは格好いい姿を見せたいという意識も働き、テフランは新米渡界者が相手にするには、ずいぶんと格上とされる相手へ挑んでいった。

こうした意地で決死の奮戦を繰り返す経験は、テフランの実力の伸びに反映される。剣の振りや突きに鋭さが増し、戦い方も粘り強いものに変化する。

そうやって実力が上がっていくに従って、困ったことが起こった。

泊まりがけで活動していることもあり、回収した魔物の素材が鞄《かばん》に収まらなくなってしまったのだ。

（贅沢な悩みだけど、こんなことならもう少し大きな鞄を持って入るんだった）

テフランは小さくても換金率が高い素材を多く残し、嵩張る上に価値が低いものは積極的に捨てることにした。

それでも、父親の薫陶で捨てるものの価値が分かってしまうため、お金を捨てているような気持ちは拭いきれない。

「ああー、もったいない」

「そんなに愚痴を言うのなら、一度迷宮の外へ戻りませんか？」

「いや、告死の乙女の件は緊急なんだ。怪我をしたわけでも、食事に困っているわけでもないのに、迷宮を出るなんてできない」

「そう真面目に考えなくてもいいと思うんですけどね。でも、そういうところがテフランの可愛らしいところなので、かける言葉に困ってしまいます」

「真面目に決意を語ったのに、茶化さないでよ」

雑談をしながら迷宮を進んでいると、不意に通路を誰かが走る足音が遠くに聞こえてきた。

それは何かに追われているような、焦りを含んだ走り方のようだった。

テフランとファルリアは顔を見合わすと、急いで音がするほうへ走る。

段々と音が近くなってきたとき、テフランの視線の先にある丁字路に、逃げてきた渡界者の先頭が現れた。その顔は、真剣かつ恐怖に固まっている。

続いて、後続と思わしき声が通路に響いた。

「なんだよ、なんなんだよ――おごっ?!」

「いやあああ！　ニーリュ！」

「もう助からない！　ヤツの死を無駄にせずに、いまは逃げるんだ！」

大騒ぎの渡界者たちが、テフランの目の前を通り過ぎていった。

それからすぐに、次の人物が丁字路に現れる。

金属製の胸鎧をつけた男性。その胴体は魔法紋が強く輝く腕に貫かれていた。

その男性を刺し貫く腕を辿っていくと、小麦色の肌をした目の覚める飛び切りの美女がいた。

胸と腰回りだけに青い布地を巻いているその肢体は、とても強く男性の目を引く。

そして筋肉の筋が全身に薄っすらと見える肉体は、ファルリアより力強そうな印象を与えてくる。

（きっとあれが、噂の告死の乙女に違いない）

テフランが確認するようにファルリアに顔を向けると、肯定の頷きが返ってくる。

目標に接敵し、これからの作戦をテフランが脳裏で思索していると、小麦色肌の告死の乙女が顔を向けてきた。

ガラス玉や機械の部品で出来ていると錯覚してしまいそうなほど、瞳や顔つきに一切の感情がない。

（ファルマヒデリアが俺の従魔にならなかったら、ああいう顔で人を殺していたんだろうか）

そんな『もしも』の想像に、テフランの胸に言いようのない苦さが広がる。

この初めて抱いた感情を、テフランは言語化できなかった。しかし、ファルリアがあんな姿になるのは嫌だとは強く感じた。

それと同時に、小麦色肌の告死の乙女が可哀想という感情が芽生える。

（従魔になれば、彼女だって人間と変わらない感情を見せてくれるはずなんだ。新米の俺ごときが主なんて分不相応だけど、あんな姿のままより万倍はマシなはずだ）

テフランは改めて、あの告死の乙女を従魔化することを決意する。

しかし当の彼女はというと、テフランとファルリアを無視するように、逃げた渡界者たちへ顔を向けなおしていた。

そして、ファルリアよりいくぶん低い声で歌い始める。

「Ｌｕｒａａａａａａａａ――」

歌声を通路に響かせ、その小麦色をした手足の全てに輝きが出現する。

肩から指先、股際からつま先まで、限界まで数を詰め込んだような、複雑かつ芸術的に色と模様が折り重なる魔法紋が浮かんでいた。

その姿に恐ろしさと美しさを感じてしまうテフランの目の前で、手足が輝くその姿が一瞬にして消失した。

それから間を置かずに、テフランの視界外に逃げた人たちの悲鳴が聞こえてくる。

「げばッ――こいつは、俺が足止めしてやる！　だから、さっさと逃げろ！」

「やだよおおお！　なんで、なんでええええええ！」

「泣いている暇があったら足を動かせ！　生き残っているのは、もう僕らだけだぞ！」

悲痛な声が響く通路へ、テフランは走り出そうとする。

しかし、肩をファルリアに掴まれた。

「もう一度だけ確認します。彼女を従魔にすることに、心変わりはありませんね？」

「変わらない。むしろ一刻も早く、従魔化するべきだって思ったぐらいだ」

「ああして、実際に人間を手にかけていてもですか？」

「気にならないって言ったら嘘になるけど。それよりも、これ以上人の血で手を汚して欲しくないって思いのほうが強いよ」

「自分で言っていて、身勝手が過ぎるとは思いませんか？」

「思うよ。だけど、彼女の姿が目に入った瞬間、従魔にするって腹が決まった。危険か安全か、可能か不可能か、他人がどう思うかなんかで、この気持ちは変わらない」

「……まったくもう。テフランは頑固者ですね」

根負けして肩を落とすファルリアに、テフランは笑いかける。

「けど、俺一人じゃ従魔にできないのも事実だ。その辺は、ファルリアお母さんが助けてくれるんだよね」

「私は従魔であり義母です。テフランの意思を可能な限りに尊重することが務めです。いいでしょう。彼女を従魔にする手伝いを行うと、改めて約束いたします」

こうしてテフランとファルリアは決意を固め合い、小麦色肌の告死の乙女を追いかけることにした。

そんな二人の意気込みとは裏腹に、追いかけている最中に、新たな犠牲者の悲鳴が通路に響き渡ったのだった。


テフランたちの追跡行は、簡単にはいかなかった。

なにせ小麦色肌の告死の乙女は、追っていた渡界者たちを殺し尽くすと、ものすごい速さで迷宮内を走り始めるからだ。

「走る足音を聞き逃さないように追跡するだけで、精一杯だ！　ファルリアお母さん、足止めってできないの!?」

「こうも離れてしまうと、迷宮の壁で射線が通らないために魔法が使えません」

「俺から離れて、先行してくれてもいいんだけど！」

「それはそれで駄目です。なぜかといいますと――」

ファルリアは途中で言葉を切ると、曲がり角で待ち伏せしていた魔物を魔法の炎で焼き尽くした。

「――こうして私たちの足音に寄ってきた魔物に対処しないと、テフランが死んでしまいます」

「この辺りの魔物なら勝てるようになったから、心配いらないんだけど」

「それは一対一の場合でしょう。こうして騒がしくしてるので、かなりの数が近寄ってきていますよ」

ファルリアの指摘は正しい。そしてテフランには覚えがあった。

（転移罠で飛ばされて逃げ回っていたとき、かなりの魔物に追いかけまわされたっけ）

いま走っている場所は第二地区なので、あのときより集まってくる魔物は弱い。

しかし多数が相手になると、テフランが勝てる可能性は低くならざるを得ない。

そしてテフランに命の危険がある場合、ファルリアは決して近くから離れようとしない。

そのことは重々分かっていても、テフランは聞こえてくる悲鳴に歯がゆさを抱かずにはいられない。

「このままじゃ、いつまで経っても追いつけない。打開策が必要だって」

「そうでもありません。彼女は獲物を仕留めきるまでの間、足を止めています。その間に魔法を当てられる距離まで近づけられれば、狙いがこっちに移るはずです」

「理屈はわかったけど、でもそれって――」

「新しい犠牲者が出ないと追いつけないということでもあります」

無情な作戦に、テフランは難色を示した。

ファルリアはその気持ちを理解して、優しい言葉をかける。

「組合に警告されているのに、迷宮に入ってくるような人です。死ぬ覚悟が出来ているでしょうから、気にする必要はありませんよ」

理屈優先の言葉に、テフランは思わず言い返そうとする。

だが、ファルリアの性格というか特性を思い出して、口を噤んだ。

（ファルマヒデリアは告死の乙女っていう他の種族なんだから、人間《こっち》の理屈を持ち出しても意味はないよな）

テフランは余計なことを考えることは止《や》めて、小麦色肌の告死の乙女に追いつくべく懸命に走ることにした。

それから少しして、また新しい犠牲者の悲鳴が聞こえてきた。

上がる悲鳴を聞きながら、かなりの距離を移動したため、もう第一地区の近くに至ってしまっている。

（警告を無視して入った人が多くいる地区だからか、移動が速すぎる。組合長が懸念した通り、このままじゃ出入り口を占拠されるか、町中に侵入されるかもしれない！）

テフランは危機感を募らせて、新たに誰かの悲鳴が上がり始めた方向へ急ぐ。

少しして直線上の長い通路に出た。その先に、人を腕で貫いている小麦色肌の告死の乙女の姿があった。

ようやく視認ができ、テフランは凶行を止めるべく、ファルリアに魔法を使うよう命じようとする。

しかし、襲われている人物が目に入り、言葉が出なくなった。

冷たい表情の告死の乙女の腕に腹を貫かれていたのが、以前の仲間であるセービッシュだったのだ。

「あぐっ、くそ、なんで、剣が通じないんだ。手に彫り入れた魔法紋を使ってるんだ。剣の威力は上がっているはず……」

セービッシュは力のこもらない腕で剣を振り下ろし、死ぬ間際の一撃を放つ。

刃が当たったが、魔法紋が輝く小麦色の皮膚は傷つかない。

「………」

告死の乙女は攻撃された反撃で、もう一方の手でもセービッシュの胸を貫いた。

心臓を潰されて絶命したセービッシュは、地面に投げ捨てられる。

その周りには他の仲間が、うつ伏せに倒れていた。その背中が焼けただれていたり大きな穴がある姿から、逃げようとして失敗したようだった。

（戦おうとしたセービッシュより、逃げようとしたほうが先に殺されている。もしかして、逃げる人を先に殺したほうが、時間的に効率がいいって学習したとかか？）

テフランが告死の乙女の判断基準を理解しようとすると、死屍累々の中に生き残りがいることに遅まきながらに気付いた。

それは、股を温かい液体で濡らして腰を抜かしている、ルードットだった。

「ひぃ！　いや、いやあああ！　死にたくない、死にたくないいい！」

ルードットは半狂乱で、尻を引きずるように後ろに逃げようとしている。

そこに戦う意思はなく、逃げる速度も遅い。そのため、告死の乙女は最後まで見逃していたようだ。

しかし、他が殺し尽くされたいま、次の標的はルードットである。

告死の乙女は冷たい目を向け、輝く魔法紋に覆われた腕を振り上げた。

いまならまだ助けられると、テフランは叫ぶ。

「ファルマヒデリア！　魔法で止めて！」

「次は、ちゃんと『お母さん』と呼んでくださいね」

ファルリアは場違いな苦情を言ってから、魔法紋を浮かばせた手から炎を放つ。ルードットを巻き込まないためか、火力はかなり控えめだ。

それでも牽制には十分な威力があり、小麦色肌の告死の乙女は攻撃を中断して跳び退いた。そして二人の告死の乙女たちが、視線をぶつける。

双方が牽制し合っている間に、テフランはルードットに駆け寄った。

「しっかりしろ。立て！」

「え、テフラン。どうして、ここに?」

「答えている暇はない！　さっさと逃げないと、セービッシュたちのようになるぞ！」

「で、でも、逃げようとした仲間が、真っ先に殺されて」

「平気だ。俺とファルリアお母さんが止めると約束する。だから急げ」

「……テフランが約束破ったことってないもんね。わかった、信じる」

ルードットはテフランの声で恐慌から抜け出し、抜けた腰を無理やり立たせ、よろよろと出入り口に向かって逃げ始めた。

小麦色肌の告死の乙女はそれを追おうとするが、ファルリアが立ちはだかる。

二度邪魔をしたことで、小麦色肌の告死の乙女はルードットからテフランたちに視線を移し替え、そして口から歌声を放った。

「Ｌｕｒａａａａａａａａａａａａ！」

少し低めな声での綺麗な旋律と共に、その手足だけでなく全身に魔法紋が浮かび上がった。

一番顕著に魔法紋が見えるのは、凝縮したような模様がある手足だろう。

さらけ出している腹筋、布で覆っている胸元、キツめの印象ながら綺麗に整った顔にも魔法紋は現れてはいるが、手足に比べたらまばらな印象がある。

（父親が話してくれた、未開の部族が戦の前に体に描くっていう、戦化粧みたいだ）

そんな場違いな回想をしてしまうのは、対面する告死の乙女からくる威圧感のせい。少しでも逃避していないと、足がすくみそうなのだ。

テフランは高まる緊張に唾を飲み込み、ファルリアに震えを抑えた声をかける。

「第一地区がすぐそこだ。こんな場所で戦ったら、他の渡界者が寄ってくる。少し遠いところに移動するよ」

「迷宮の奥へ引っ張って移動することは、私でも長々とは無理ですよ」

「そこは考えがある。合図したら、俺の近くまであの彼女を引っ張ってきて」

ファルリアが頷くのに合わせて、テフランは背を向けて逃げ出した。

(逃げる相手を先に狙うっていうのなら、これで俺を先に狙うはずだ)

セービッシュたちの死にざまと、ルードットの言葉から立てた予想。

狙いは当たり、告死の乙女は残像が見えるほどの素早さで、テフランに襲い掛かろうとする。

しかし、ファルリアがそんな真似を許すはずがない。

「Raaaaaaaaaaaa！」

全身の魔法紋を歌声で起動させ、テフランへの襲撃を止める。

しかし戦闘型と万能型では、やはり戦闘の際の出力が違うようで、ファルリアは受け止めきれずに少し体勢を崩してしまった。

告死の乙女はテフランを追いかけるべく、その脇を抜けようとする。

しかしファルリアは体勢を戻しながら、魔法の炎を放って足を止めさせた。

再び両者は睨み合い、ファルリアは逃げるテフランのほうへと魔法で空中飛翔を行い、小麦色肌の告死の乙女は魔法で強化した足で追いかけ始める。

逃走と追走の最中でも、両者はお互いへ攻撃を行う。

「Ｒａａａａａａａａａａ～」

「Ｌｕｒａａａａａａａａａー」

二つの旋律と共に、荒れ狂う魔法と魔法紋が輝く肉体同士がぶつかり合い、迷宮内に大きな衝突音が響いた。

その音の激しさは時間とともに増していき、熱波や衝撃で迷宮が揺れ始めたような錯覚すら起こすほどだ。

それでもファルリアは、その多様性に秀でた万能型の対応力で、戦闘型の高火力と拮抗できている。

このままだと体力の削り合いに移りそうな様相だったが、そんな最中にテフランが急に立ち止まった。

「ファルリアお母さん、こっちだ！」

「わかりました。どうにか彼女を連れて行きます」

申し合わせていた合図に、ファルリアは一瞬移動を止めて身構える。

そして告死の乙女が突き出してきた腕を抱えると、テフランの横へ引っ張り込むように飛翔した。

すぐ横に二人がやってきたことを視認してから、テフランは足下にある罠をわざと起動させる。

それは、テフランがファルリアに出会うきっかけとなった、あの転移罠だった。

罠が起動し、転移の魔法紋が光り輝く。

始まった転移魔法の作用で、テフランは罠を押す姿、ファルリアは倒れ込みながら微笑んだ顔で、小麦色肌の告死の乙女は殴りかかろうとする格好で身動きを停止する。

それから数秒と経たないうちに、三人の姿はこの場所から消え去り、仲良く迷宮の第四地区へと転移した。


転移後すぐに、それぞれが素早く行動を開始した。

最初に、転移先の光景を知っていたテフランが、一目散に通路を逃げ始める。

続いて、その背を追う形で、ファルリアが魔法紋を光らせて飛翔を再開した。

最後に小麦色肌の告死の乙女は、周囲を警戒した後で、手足に密集する魔法紋を輝かせながらの激走で追いかける。

その走りを、転移前と同じくファルリアが魔法で邪魔をしていく。

「Ｒａａａａａａａａａー」

ファルリアの周囲に水や火の球が複数個現れ、告死の乙女へ次々に発射される。続けて石の杭や熱量を持つ光線なども、連続して射出された。

襲い来る魔法の数々にも、告死の乙女は淡々と対応する。

「Ｌｕｒａａａａａａａａａー」

四肢の魔法紋を色とりどりに強く輝かせると、襲い来る魔法を手足で全て打ち落とした。

見事かつ流麗な動きだったが、魔法に対処した動きの分だけ追走は遅れる。

テフランたちとの距離が少し開いたことと、ファルリアの魔法の威力がそれほどでもない事実を、告死の乙女はここで学習した。

加えて、このままの対応では逃げるテフランに追いつくのは無理だとも学ぶ。

追いつくためには、多少の手傷は無視すると判断を下した。

それ以降、次々にやってくる魔法の数々の中で、走る動きの邪魔になりそうなものだけを最小限の動きで排除。その他は、魔法紋が輝く肉体の耐久任せに突破していく。

再び両者の間が狭まり始めるが、ここでテフランの声があがった。

「注意するのは、ファルリアお母さんの魔法だけでいいのかな！」

なにを指しているか分かりにくい言葉だが、なんのことかはすぐにわかることになった。

告死の乙女が罠を踏んで、左右の壁から何本もの槍が突き伸びてきたのだ。

一時足を止めて穂先を叩き折ってから、追走を再開する。

だがすぐに別の罠を踏んでしまい、今度は複数の矢が壁から飛び出してきた。

それからも、次々にかかる罠に対応するため、足を止めてしまう。

そんな告死の乙女の姿に、テフランはほくそ笑んだ。

（戦闘型っていうだけあって、戦い以外の面――罠の感知と対処なんかは、難しいみたいだ）

この予想を立てていたからこそ、テフランはあらかじめファルリアに、空中を飛ぶように指示をしていた。テフランが看破した罠の位置を、告死の乙女に悟らせないようにしつつ、現在のように足止めに使うためだ。

そんなテフランの企みに見事にはまったものの、告死の乙女は次々と発動する罠の数々を、手足ですべて破壊してみせている。

怪我一つなく対応されてしまうことは、テフランの予想外だった。

（渡界者を追い狙っていたときに、迷宮の罠を体験して対処を学習していたのかな。もしそうだとするなら、罠による足止めは低く見積もりなおさないといけない）

テフランが走りながら指振りで指示し、ファルリアに魔法を放たせる。

射出された火球は、破壊されて空中を漂っていた矢の破片の陰を通り、告死の乙女の死角から襲い掛かった。

顔へ直撃する軌道かつ、迎撃は間に合わないタイミングだ。

それにもかかわらず、告死の乙女は腕を交差させて防御してみせる。

爆発と轟音。そして振りまかれる熱風と黒煙。

爆煙が晴れると、告死の乙女は腕を交差させた姿のまま、無傷で立っていた。

戦果がないことに、ファルリアは面白くないと唇を尖らせる。

「牽制弾で低威力でしたし、戦闘型の手足は魔法紋の影響が強いので、防御が堅いとわかってはいました。とはいえ無傷に終わると、少し腹が立ってきます」

飛翔しながら愚痴るファルリア。

一方、告死の乙女は構えを解くと、通路で助走をつけ、壁を走って追ってきた。

地面にある罠を避けるために、人間では発想はしても実現不可能な方法を選んだのだ。

奇想天外な解決法だが、一番先を逃げるテフランは余裕の表情だった。

(『壁に罠の始動装置《スイッチ》はない』って考えは、間違いないんだよ)

そんな声なき呟きの通りに、告死の乙女は壁にあった罠を踏み抜いた。

通路両側の壁が回転扉のように開き、そこから魔物たちが走り出てくる。

多数の魔物が詰まった隠し部屋——魔物部屋《モンスターハウス》だ。

「ギヒイィィィィィ！」

「ギャギャギャギャイイイ！」

「ガタガタガタガタガタ！」

人型、獣型は言うに及ばず、這いまわる粘液魔物や動く甲冑などの非生物型までが、近くにいる小麦色肌の彼女へ襲い掛かる。

告死の乙女という種は、人間だけでなく魔物も殺すため、目の敵にされているのだ。

しかしながら有象無象の魔物が十数匹来ようが、迷宮で最強の種族たる彼女にとって、物の数ではない。

「Ｌｕｒａａａａａａａａａ！」

歌で魔法紋を輝かせ、拳を振るい、蹴りを放つ。

その一撃ごとに、数匹がまとめて破壊された。

一方で魔物側の攻撃は当たっても通じず、小麦色の肌に血を滲ませることすらできていない。

恐ろしいまでの戦闘力差を見せつけての殲滅戦を尻目に、テフランとファルリアは懸命に通路を逃げていく。

（一度来て、だいたいの罠の場所は摑んでいるとはいっても――）

熟練の渡界者が活動する場所だけあり、たびたび走りにくい箇所に罠の始動装置が設置されている。

テフランは直前で大股や小股に歩調を変えることで、どうにか回避していった。

それと並行して利用できる罠を探し当て、ファルリアに指示を出す。

「あそことそこの壁、あと床のあのあたりを魔法で撃って！」

「それでは、それ、それ、それそれー」

水球が指示された壁に当たると、また扉のように開いた。

一つは隠し通路だったが、もう一つは狙いの通りに魔物部屋だ。そして床の罠が遅れて作動し、天井から槍が格子のように降って地面に刺さる。

開かれた壁から出てきた魔物たちは、槍の罠を隔てた向こうに逃げるテフランたちと、後ろから走り寄る小麦色肌の告死の乙女を見比べる。

そして襲いやすい相手、つまり告死の乙女へ、集団で襲い掛かった。

告死の乙女は無視して壁を走って、突き立つ槍の脇を通り抜けようとする。

しかし、昆虫のように薄羽で飛ぶ剣形の魔物に邪魔されてしまった。

「カタタタタタ！」

柄と剣身を震わせて鳴く魔物が、一直線に空中を飛んで迫る。

告死の乙女は魔法紋に輝く手で叩き割るが、第二第三の剣の魔物が襲来した。

それらも容易く破壊はできたが、走る勢いが削がれてしまい、壁から地面へ着地を余儀なくされてしまう。

そこに他の魔物たちが襲い掛かってきたため、告死の乙女は足を止めて迎撃に入らざるを得なかった。

「ギョギギギギギギャー！」

「Ｌｕｒａａａａａａａ！」

魔物たちの叫び声に負けない、気合の発露を伴った咆哮のような歌声に、手足の魔法紋が輝く。

すると、体の周囲に炎の竜巻が逆巻いた。

ほんの数秒間の火災旋風だったが、燃え尽きるほどの熱気と体を切り裂く風刃によって、魔物たちをすべて細切れの炭と化す。

熱波が消えた後、告死の乙女はテフランたちを追うために、燃え残っていた槍の罠を手足で破壊して駆け出した。


テフランは逃げに逃げ続けて、ようやく目当ての場所にたどり着いた。

「安息地だ！」

逃げ込んだ先は、テフランとファルリアが出会った小部屋だった。

幸いなことに、天井は他の魔物を寄せ付けない暖かな光を発したままである。

「ここからの対処は任せるよ、ファルリアお母さん！」

「はい、任されました。テフランも、自分の役目はしっかりとお願いしますね」

声を掛け合うと、ファルリアは四角い部屋状の安息地の中央に陣取り、テフランは角の壁際まで逃げた。

そして十数秒後、告死の乙女が入ってくる。

多数の魔物や罠を壊し続けたからか、肩が見るからに上下し、胸で大きく呼吸をしていることが分かった。

呼吸に合わせて揺れる乳房を見て、ファルリアは薄ら笑う。

「そのような調子で、私に勝てるのですか。いま、愛しいテフランの従魔になると表明してくれるのなら、痛い思いをさせないで済ませますよ？」

傲慢ともとれる発言に、小麦色肌の告死の乙女は吠えるような歌声を響かせた。

「ＬＵＲＡＡＡＡＡＡＡＡＡＡＡＡＡＡＡ！」

「やはり、拒否しますよね。同族なので気持ちはわかりますが、はぁ、面倒です」

肩をすくませるファルリアに、告死の乙女は全身の魔法紋を輝かせて一直線に飛び込んできた。

その動きは、安息地の角で見守っていたテフランでは、予兆すら見えないものだ。

しかし同種族のファルリアにとっては、対処可能な速さである。

「策もなしに突っ込むなんて、イノシシですか、あなたは」

ファルリアが魔法紋を輝かせた指を小さく振るうと、両者の間の空中に水球が現れた。

高速移動中の告死の乙女は避けられず、水球に顔を突っ込んでしまう。

そして速度が災いして、首を支点に体が半回転し、足が地面から離れた。

背中から落ちそうになるが、告死の乙女は身を捻って空中で体勢を整えると手を先に地面につけ、腕力で横に跳ぶことで難を逃れる。

ファルリアはその無様な姿に、盛大にため息を吐き出した。

「はぁ〜〜。主なき間は、私たちの思考能力は単純です。とはいえ、ここまで考えなしだと、テフランの従魔になった際に適切な奉仕が可能かが疑わしいですね」

余裕溢れる態度に、告死の乙女は一筋縄ではいかないと学習し、じっくりと戦う構えに変わる。

戦闘型の名に相応しい、隙のない身構え方だ。

ファルリアはその姿を見て少しだけ評価を改め、表情を引き締める。

そうして相対し直した両者は、同時に歌声を放った。

「Ｒａａａａａａａａａａａａａａａａａー」

「Ｌｕｒａａａａａａａａａａａａａａａａ」

今までで一番伸びやかな歌声に、両者の体に魔法紋がよりはっきりと浮かび上がり、そして大きく輝く。

二人は光自体を纏うような輝きに包まれると、お互いへ手を向けた。

ファルリアは魔法を使い、体の周りに別々の属性で作った球体をいくつも出現させる。

告死の乙女は輝く両手を固く握り、頭上に炎の大球を一つ作った。

一触即発の光景と空気。

テフランは自分が割って入ることができない、隔絶した実力の世界を垣間見て、生唾を飲み込む。

その微かな音が発せられた瞬間、告死の乙女同士の真の戦端が開かれた。

「Ｒａａａａａａａａａａａａａａａａ！」

「Ｌｕｒａａａａａａａａａａａａａａａ！」

高らかな歌声に命令されたかのように、両者の魔法球が同時に発射された。

多数の球と火の大球が中央で激突し、派手な音と光、爆風をまき散らす。

安息地の角に立つテフランですら、吹っ飛ばされそうな風。それをものともせずに、ファルリアと告死の乙女は前へと跳び出した。

「Ｌｕｒａａａａａａａａａａａａ！」

先手を取ったのは、小麦色肌の告死の乙女。

当たれば全てを砕く拳を繰り出す。

「直線的な攻撃が当たると思っているのなら、甘いです！」

ファルリアは目の前に光の障壁を出現させつつ、両の手のひらに水球と石の槍を生み出す。そして告死の乙女が光の壁を叩き壊した瞬間、その二つの魔法を放った。

狙いすました至近距離での砲撃。只人では回避も迎撃も不可能な位置と状況。

だが相手も並ではない。

告死の乙女は素早く手と足で魔法を破壊し、水滴と石の粉が空中に飛散する。

ファルリアだってこの程度の結果は予想していて、次の手を用意していた。

「Ｒａａａａａａａａａ！」

付近の空間ごと焼き尽くす魔法の炎——テフランがこの安息地で見た、魔物を焼き尽くしたあの魔法が、直近の状態から放たれる。

炎の熱と勢いに巻かれて、告死の乙女は壁際まで吹っ飛んだ。

にもかかわらず、火勢が止んでみると、その髪の先にすら焦げ跡一つなかった。

予想外の残念な結果に、テフランは呆然とし、ファルリアは困り顔で頬に手を当てる。

「火球しか射出魔法を使っていないので、もしやと思いましたが。本当に炎属性に特化した戦闘型でしたか。破壊力が高い炎の魔法が効かないのは、万能型の私にとって決め手が一つ失われたに等しいのですけれど――」

言葉を少し区切り、ファルリアは晴れやかに微笑む。

「――そんな厄介な子がテフランの従魔になったら、安全面で心配が要らなくなります。加えてその見目も、私ほどではありませんが、とても整っています。これは是非とも、従魔にしないといけませんね」

「Ｌｕｒａａａａａａａａａａａａａａａ！」

ファルリアの勝手な言葉を無視し、告死の乙女は走り出した。

直線的に動いて痛い目を見たからか、告死の乙女は左右に小刻みに動くフェイントを入れて迫る。

時間を経るごとに学習して手強さを増していくその姿勢に、ファルリアは微笑みを強め、テフランに瞬間的な一瞥を向けてから、魔法による迎撃に入っていった。

告死の乙女同士の攻防は、迷宮における最強種同士だけあり、常人には理解できない激しさで行われている。

致死級の魔法が乱れ飛び、それが当たり前のように防がれていく。

その消え去る間際の魔法の余波だけで、安息地の壁や天井が砕けていく光景は、神話の一場面やおとぎ話の世界に迷い込んだようですらある。

空前絶後の戦いに、新米渡界者であるテフランは安息地の角に立っていることしかできない。

しかし、全く役割がないのかといえば、それは違った。

やれることは少なく、タイミングも難しいが、テフランにも援護の方法はあるのだ。

（ファルマヒデリアが教えてくれたように、主のない告死の乙女特有の単純な思考を利用するんだ）

テフランは待ち続け、ほどなくしてそのときが訪れた。

ファルリアが性能差《スペック》から受けの一手が間に合わず、大きく弾き飛ばされてしまったのだ。

「あうぅっ！」

ファルリアは悲鳴を上げて体勢を崩し、告死の乙女は止《とど》めを刺すため追撃に移る。

しかしここで、テフランは行動を起こした。

安息地の出入り口に向かって、急に走り出したのだ。

（ここまでに見た、あの告死の乙女の判断だと、邪魔者がいても『逃げる者を優先して』殺しにくる！）

テフランの目論見通りに、状況が変化する。

一時的に対処できない状況のファルリアを無視し、告死の乙女は逃げようとするテフランに顔と体を向け、跳びかかるために身を少し屈めたのだ。

その体勢を目にした瞬間、テフランはすかさず鞘から剣を抜き、剣身にある魔法紋を輝かせる。

（そして戦う姿勢を見せて逃走者じゃなくなれば、今度は『脅威から身を守る』よう考えを変える。飛んできた罠や魔物が襲来した際、俺たちを追うのを一時止めて対処してきたことで、そう学習しているはず！）

半ば予想も含まれてはいたが、テフランの観察眼は的確だった。

告死の乙女は学習してきた通りに、より脅威度が高いファルリアを狙いなおす。

だが、標的を二度も無駄に変更した手損は、ファルリアが立ち直るのに十分な猶予を与えてしまっていた。

「Ｒａａａａａａａａａａａａａａａ！」

至近距離で水の球を連射して、ファルリアは告死の乙女を強制的に下がらせた。

両者の距離が再び開いたことを見届けて、テフランは剣を鞘に納めながら角に戻り、次の作戦の機会を待つ。

（聞いていた通りに、告死の乙女の考え方は単純だ。でも、どんなことでもすぐ学習することは、注意しておかないといけない）

さっきの手だって何度も通じないと、テフランは肝に銘じる。

(だからこそ、従魔にする本命の作戦は一度目で成功させるよう、より確実な機会を見極める必要がある)

テフランが静かに頭を回転させるなか、ファルリアたちは戦闘を仕切り直していた。

小麦色肌の告死の乙女は前かがみの構えになると、手足での攻撃に偏重した戦い方を始める。

ファルリアは防御で受け止めてからのカウンターを狙い、時折魔法での目つぶしや落とし穴などで相手を翻弄しようと試みている。

傍目からだと、手練手管を使っているファルリアのほうが、やや押され気味だ。

しかし、目が慣れてきたテフランには、少し違った印象で見えていた。

(ファルマヒデリアは苦しそうだけど、まだ余裕がある感じだ。一方で小麦色肌の彼女は、戦い方が荒くなってきている)

テフランが見て取った通りに、告死の乙女はカウンターで魔法を食らいながらでも、ファルリアに一発入れようと手足を振るっている。

肉体の防御力を信じているにしても、かなり強引な戦法だ。

テフランが不思議に思っていると、ファルリアの魔法による傷はないはずなのに、告死の乙女の魔法紋が輝く手足から血の滴が散っていた。

それを見て、テフランは告死の乙女が何らかの理由で決着を急いでいると理解する。

判断の補助となったのは、父親から昔に聞いた魔法紋の特性についてだ。

『体に彫った魔法紋を使いすぎると、皮膚が破れて出血が起こるんだ。これは魔法紋の修復限界という印で、もう魔法を使うなってことだぞ、注意しろよ』

その言葉の通りに、告死の乙女の両手足――魔法紋が密集して輝く部位が、時間と共に出血量を増している。

（魔法紋の過剰使用による出血。告死の乙女にもあったんだ）

ファルリアが以前語っていたが、魔法紋は使えば使うほど、周囲の物体や組織に悪影響をもたらす。彫り入れたものが道具や武器なら材質の劣化を、肉体なら組織の崩壊と出血を招くのだ。

（罠や魔物を何度も嗾《けしか》けたのは、戦う優先順位を学習させることが狙いで、魔法を数打たせての過剰使用状態に陥らせる作戦は、確証がないからオマケだったんだけど）

事前に立てた予想とは違うが、これはこれで好機だった。

なにせ、告死の乙女は出血で確実に弱ってきているのだから。

（このまま行けば、作戦にはなかったけど、ファルマヒデリアだけで告死の乙女を取り押さえることが可能かもしれない）

そんなテフランの楽観が災いを招いたように、事態が急変する。

ファルリアの体に、告死の乙女が決死で放った拳がかすったのだ。

「このぉ、テフランから貰った大事な服を破くなんて、許しませんよ！」

右脇の下の服が大きく破け、乳房の側面が露わになってしまっている。

その白い丸みが目に入り、テフランは反射的に目を逸らしかけて、ぐっと堪えた。

（攻撃がかすったってことは、ファルマヒデリアの戦況だって悪いってことだ。俺の助けが必要な場面を見逃さないためにも、目を背けてはいられない）

頬を赤くしながら、テフランは二人の戦いを観察し続ける。

ファルリアは服が破けたことで、一層の警戒をするようになり、光の障壁も多用して防御一辺倒になる。

一方の告死の乙女は、手足の出血を無視し、防御すら捨て、特攻をしかけている。

さしずめ、相手が自滅するまで守りきるか、防御を突破できるかの戦いだ。

この攻防の趨勢は、両者の考えの差によって、少しずつ片方に傾き始める。

ファルリアは、告死の乙女をテフランの従魔にする目的で戦っているため、相手を殺す気がまったくない。

告死の乙女にとってファルリアは単なる障害物。排除することに躊躇《ためら》いはない。

その気持ちの差が、ファルリアから優位を徐々に奪っていく。

テフランは戦況の悪化を確認し、決断した。

（告死の乙女の自滅を狙うなら、この場面で時間稼ぎが有効だ）

先ほどと同じように、逃げるように見せかけ、両者に仕切り直しをさせようと試みる。

しかし、その行動の機先を制しに、告死の乙女から火の球が飛んできた。

テフランの進行方向に着弾すると、爆炎と爆風をまき散らす。

吹き寄せてきた肌をひりつかせる熱波に、テフランは足を止めてしまう。

（一回やっただけなのに、対処法を学習されてしまった。この手は、もう通じない！）

テフランが歯噛みするなか、告死の乙女はファルリアへの攻撃を続行し、火の球を放った手損はすぐに奪い返されてしまった。

テフランはどうにか注意を引こうとして、剣にある魔法紋を輝かせて素振りをしたり、大声での呼びかけも試す。

しかし告死の乙女は、ファルリアを攻撃する手を止めなかった。明らかに、テフランの目的が看破されてしまっている。

時間ごとに状況が劣勢になっていくが、それでもテフランはまだ望みを持っていた。

（予定とはずいぶん違う状況だけど、本命の作戦を決行するしかない）

鞘から抜いた剣と着ている鎧に刻まれた魔法紋を、テフランは祈るように撫で、最後の大博打に相応しい絶好の機会を待った。


ファルリアと告死の乙女の戦いは、一方的になりつつあった。

ファルリアが守りに守り、告死の乙女が身を削るように攻撃を続ける。

そんな激しい攻防の合間合間に、血の飛沫が空中を漂う。

魔法紋の過剰使用による出血は、すでにファルリアにも起こってしまっている。

魔法による光の障壁を多重展開しないと攻撃を防ぎきれないため、魔法紋を酷使せざるを得なかったためだ。

全身から滲むように現れる出血を、テフランが贈った衣服が吸って、どんどんと赤く染まっていく。

それでも、告死の乙女の攻撃している手足のほうが出血量が多い。

それはもう、千切れかけの手足で殴りかかっているかのような血のでかたをしている。

「Ｒａａａａａａａａａａａａａａａａａａａａａａａａａａａａａａａ！」

「Ｌｕｒａａａａａａａａａａａａａａａａａａａａａａａａａａａａａ！」

歌声に意地を乗せて、ファルリアは防御の果てに相手の自滅を待ち、告死の乙女は自分の破滅の前に相手を打倒することを目指す。

しかし同じ種族であっても、両者には戦いにおける性能差があった。

万能型のファルリアが行う手数の防御を、攻撃型である小麦色肌の告死の乙女の渾身の一撃が、とうとう上回ってしまったのだ。

「Ｌｕｒａａａａａａａａａａａａａａａａａａａａａａａａａａａａａ！」

「きゃあああッ！」

光の障壁は間に合ったが、それを割り突き抜けてきた一撃に、ファルリアは吹っ飛ばされて地面を転がった。

告死の乙女は追撃のために跳び上がると、光を放つ天井を蹴って落下速度を上げて降下する。

ファルリアは跳びかかり攻撃を食らう直前で、光の障壁を多重に張ることに成功。

しかし、告死の乙女の破壊力を受け止めきれず、全ての壁が粉々に砕かれ、腹部に膝を叩きこまれてしまう。

「げぶっ、あぁぁうううぅぅ……」

自意識を得てから初めての激痛に、ファルリアは全身の魔法紋を消して身もだえる。

その情けない姿は、戦う力を全て放棄したようにすら見えた。

小麦色肌の告死の乙女は苦悶するファルリアに止めを刺すべく、馬乗りのまま腕を振り上げる。

その腕にある魔法紋は、この一撃に全てを懸けるかのように強く輝いていた。

だが、二人がこの状況になる直前、テフランはすでに動き出している。

「ファルリアお母さんから、退《ど》けえええぇ！」

剣身に魔法紋が輝く剣を大上段に振り上げて、告死の乙女に向かっていく。

ファルリアが吹っ飛んだ先が、テフランが立っていた角の近くだったため、両者の距離は大してない。このままだと、数秒とかからずに両者はぶつかることになる。

この状況で、告死の乙女は学習したこと——迫る脅威の優先的排除を選択した。

組み敷いているファルリアは、息も絶え絶えで呻いていて『戦闘力皆無』。

テフランの剣は、魔法が発動しているため『対処の必要あり』。

その判断に、テフランが何度か見せかけで逃げようとしていたという学習を加味する。

結果、告死の乙女はファルリアを組み敷いた状態で、テフランの剣の排除を決定した。

そうして両者の攻撃範囲に、テフランが走り入る——その一歩手前のこと。

「うああああああああああああああ！」

テフランは攻撃が当たらない位置なのにもかかわらず、剣を思いっきり振った。

それどころか、剣は手からすっぽ抜け、あらぬ方向へと飛んでいく。

常人が見たら混乱必至の光景だが、告死の乙女は感情のない思考で冷静に判断した。

剣を失ったテフランは脅威たり得ず、組み敷いているファルリアのほうが危険であると。

告死の乙女は攻撃する先を変更して、ファルリアに止めを刺そうと腕を振り下ろす。あらかじめ組み敷いていたため、狙いの変更による手損は無いに等しい。

それなのにファルリアは、やってきた目にも留まらぬ貫き手を、豊かな胸の頂点に触れた瞬間に、狙っていたかのように摑んで止めてみせた。

「ごほっ、テフランの成長を見ないまま死ぬのは、ごめんです」

「——Ｌｕｒａａａａａａａａａａａａａａａａ！」

告死の乙女は歌声を上げ、全身の魔法紋を輝かせて腕に力を込めると、貫き手をじりじりと押し込んでいく。

指先がファルリアの乳房を押し始め、このままでは数秒のうちに、貫き手が体を貫いてしまうとは目に見えていた。

だがその現実がくるよりも、剣を投げ捨てたテフランが、告死の乙女の首筋に抱き着くほうが早かった。

対応判断で一瞬身動きが止まった隙に、テフランは相手の唇に口づけを果たす。

「んうううううううう！」

ファルリアと行った口づけの特訓を思い出しながら、テフランは必死な形相で口を押し付ける。

その顔は羞恥で真っ赤だが、この機会を逃せばもう次は来ないとわかっているため、行為自体は一心不乱だ。

告死の乙女は初めての経験による混乱で動きが数秒止まったものの、なにをされているか理解して片眉をつり上げる。

ファルリアに止めを刺そうとしていた腕を引き戻し、テフランの胸元に手刀を突きこんだ。

「むごっ――」

鎧の魔法紋が威力を軽減して受け止めてくれたが、あまりの衝撃に吹っ飛ばされそうになる。

それでもテフランは、告死の乙女の首筋に回した腕に力を入れて、唇を離さないようにする。さらには、殴る際にわずかに開いた上下の歯の隙間に、舌をねじ込んだ。

そうして口内へ侵入を果たすと、告死の乙女の舌に絡みつかせ、今度は自分の口内へと引き込んだ。

（ファルマヒデリアとの訓練通りに、このままの状態を保てば――ぐぅ!?）

離れないテフランに、告死の乙女は何度も手刀や拳を叩き込む。さらには抱き着いている腕を摑み、捻りあげて引き剝がそうとする。

テフランの鎧がベコベコに歪み、腕に激痛が走るが、唇はずっとくっ付けたままを保ち続けた。

そんな不可思議な攻防に、ファルリアも組み敷きから脱して参加する。告死の乙女の背後に回って羽交い締めにすると、満面の笑みで顎が閉じないように手で摑んだ。

「口からテフランの遺伝情報を取り込んで、従魔になってしまいましょう」

「むぅぅぅぅぅうおおおおお！」

初めて歌声以外の呻きを上げる告死の乙女に、ファルリアはより笑みを深める。

「私のときは、歌うために開いた口に偶然血反吐が入って従魔になったのですが、この子との生活は意外に楽しいですよ。そう抵抗しないで、受け入れてみたらどうです？」

「むううううぅぅぅ――」

抵抗を続けていた告死の乙女だったが、テフランの鎧を強打で破壊した際に、喉の反射行動で口内に溜まっていた液体を嚥下してしまう。

喉が動いて液体が胃へ到達した瞬間、ガラス玉のような無感情の瞳に、人間のような意思の輝きが生まれた。

すると告死の乙女は、自意識の発露に戸惑うように手をさ迷わせ始める。

その手が、必死に口づけしているテフランに触れた。

対応を迷うように手先が揺れた後で、両手で迎え入れるようにゆっくりと抱き寄せる。

今までとは全く違った態度に、テフランは作戦が成功したと大きな安堵感を抱いた。

（これで従魔化は終わったから、戦闘も終わり――って、おおおおおぉ?!）

テフランが必要がなくなった口づけを止めようとすると、頭を小麦色肌の手で押さえられてしまう。そして、解いたはずの舌が向こうから絡みついてきて、情熱的な動きを披露してきた。

それは積極的に愛情を伝えながらも、荒っぽい蹂躙と共に相手と高みに上ろうとする舌使いだ。

二人の口から粘ついた水音が発せられ、安息地に木霊する。

予想外の事態にテフランは混乱する。目の前では、小麦色肌の彼女の紫色の瞳が笑っていた。

そして情熱から永遠に続くかに思えた口づけも、終わりはやってくる。

従魔化するために口づけが必要だというテフランの論理防御は、目的の完遂によって崩壊し、女性への免疫の乏しさが表出し始めたのだ。

テフランの脳は、初対面の絶世の美人による情熱的な口づけという状況に長くは耐えられず、逃避のために意識の断絶を選んだ。

「はうぅ～～……」

気絶で頽《くずお》れるテフランを、告死の乙女は抱き留めてからゆっくりと唇を離す。

そして少しシャープなラインの小麦色の頬に、大人っぽい笑みを浮かべた。

「ふふっ。ご馳走様、我が主。末永くよろしくお願いするよ」

「きゅう〜〜〜……」

目を回しているテフランに、告死の乙女はもう一度唇を寄せた。今度は優しく愛おしむ、触れるだけの口づけだった。

ここまでの一部始終を見ていたファルリアは、計画が上手くいったことに満足しながらも、作戦外の余計な口づけが行われていることに、つい不満を抱いてしまうのだった。

五章　責任と報酬と

テフランたちが迷宮の外へ戻ってくると、空は朝焼けに染まっていた。

「あちゃー。夜中に外に出るはずだったんだけど、時間調整を誤った」

「魔法紋の過剰使用で損傷した『私たち《わたくし》』の肉体のために、修復促進に効く体液を持つ大蜘蛛《ヴァンダースパイダー》を探し回りましたからね」

テフランとファルリアは会話をしながら、目を後ろに向ける。

そこには、手足に白いものを巻いた、小麦色肌の告死の乙女がいた。

初めて見る地上の景色を、彼女は興味深そうに見回している。

テフランは申し訳なく思いながら、足を止めている彼女の手を取って、引っ張って歩く。胸と腰元だけしか布がない美女に、周囲の視線が集まり始めていたからだ。

「組合《ギルド》に寄ってから家に帰るんだから、ぼーっとしてないで。『アティミシレイヤ』」

テフランが自分で命名した名前を告げると、告死の乙女ことアティミシレイヤは笑顔で従った。

その歩く姿は、渡界者を襲っていたときとは打って変わり、どこかのんびりとした空気を纏っている。

自意識を持って丸くなったように見えなくもないが、穏やかな中に剣呑さを隠しているようにも感じられる不思議な雰囲気だった。

あえて書き表わすなら、満腹時の大型獣を見物した際に感じる印象に近い。

そんなアティミシレイヤの背に、魔獣から剝いだ毛皮が膨らんだ状態で収まっている。中には、魔物や魔獣の素材が満載だ。

かなり重そうだが、アティミシレイヤは平気な様子で、テフランに申し訳なさそうな顔を向けてきた。

「申し訳なかった。この手足のために、迷宮で時間をとらせてしまって」

聞く者の耳にすっと入って、胸に安心感を抱かせるような、女性にしては少し低い声と気安い語り口調。

ファルリアの柔らかく聞き心地の良い声とは違うが、その声色はアティミシレイヤの雰囲気も合わさって強い魅力が感じられた。

テフランもつい聞き惚れてしまって、少し反応が遅れてしまっている。

「えっと、気にしないでよ。俺がやりたくてやったことなんだから」

「過剰行使による出血は大したことではなかったのだから、怪我人扱いをしてくれずともよかったのだけれど？」

「でも、従魔にするための作戦で、手足をボロボロにしちゃったのは俺の責任だしね」

「あのときはお互い生死を懸けて戦っていた。テフランが気に病むことはない」

「それでも治療ぐらいはしなきゃ、従魔の主の名折れでしょ」

お互いに相手のことを思い合っているがゆえの言葉の応酬に、ファルリアが手を一つ打って区切りを作った。

「ほら、早く移動してしまいましょう。アティミシレイヤが打ち漏らした人間に出くわしたら、騒ぎになってしまいかねないんですから」

物騒な予想だが、もっともなことでもある。

テフランたちは面倒を避けるためにも小走り気味に移動し、組合へ顔を出した。

すると、待ち構えていたかのように、すぐ組合長室へ通される。

三人で中に入ると、暁輝く早朝だというのに、アヴァンクヌギとスルタリアは書類仕事に精を出していた。

テフランが呆気に取られていると、アヴァンクヌギは書きかけの紙を持ち上げる。

「迷宮に入るのを自粛するよう公布したからな。方々への説明や謝罪で、書類が山のようなんだよ」

「加えて、テフランくんたちの帰還をいち早く知る必要から、この部屋に泊まらざるを得ないこと。苦労する姿を見せて、渡界者たちの溜飲を下げようという目的もあります」

スルタリアの余計な説明を追い払うかのように、アヴァンクヌギは手を振った。

「そんなことよりだ。新しい『美女』を連れているのを見るに、依頼は上手く果たしてくれたようだな」

睨んでくるアヴァンクヌギに、テフランは冷や汗をかく。

すると二人の間に、ファルリアとアティミシレイヤが割って入ってきた。

「立場の弱いテフランを脅さないでください」

「威丈高な態度をとられると、つい手が滑ってしまいそうだ」

二人が報復で軽く威圧し返すと、アヴァンクヌギだけでなくスルタリアまで身構える。

アヴァンクヌギが机の下に隠していた剣を取ったように、スルタリアも服に仕込んでいた暗器を取り出していた。

一触即発な状況にもかかわらず、ファルリアとアティミシレイヤは鼻で笑った。

「ふふっ。そんなもので告死の乙女と渡り合えると、本気でお考えなのですか？」

「武器を下ろすといい。でなければ、捻り落とすぞ」

ファルリアは嘲笑するだけだが、アティミシレイヤは猛獣のような剣呑さが前面に現れている。

部屋の中で一番の弱者であるテフランの喉は、爆発寸前な雰囲気に耐え切れず、すでに干上がってしまっている。

アヴァンクヌギとスルタリアも同じで、二人とも生唾を飲み込んでいる。そして、実力差を理解し、武器を手放した。

「悪かった。書類仕事ばかりで、気が立っていたんだ。取る態度を間違えた」

「私もつい身構えてしまいましたが、争う気はありません。ええ、組合長を生贄にしたとしてもです」

「あっ、ずっこいぞ！　自分だけ助かろうとしやがって！」

「なんとでも言ってください。それとも、本気で差し出しましょうか？」

「俺よりも良い替えの看板がないから無理だって、愚痴っていたのは誰かな！」

アヴァンクヌギとスルタリアの言い合う姿に、ファルリアとアティミシレイヤは気が抜けてしまったようだった。

「あなたたちが先ほどのような態度をとった、その思惑は予想がつきます」

ファルリアの意味深な言葉に、アヴァンクヌギが半目を向ける。

「へえ、そいつはどんな予想だ」

「威圧でテフランの思考能力を下げてから交渉することで、あわよくば告死の乙女という戦力を取り上げたかったのでしょう？」

「もしそうだとしたら、どうする気だ」

「まずは、私もアティミシレイヤもテフランから離れる気がないことを表明します。そして、そちらが戦力を欲しているのなら、今後ちょっかいをかけてこないと約束してくれるのでしたら、告死の乙女を従魔にする『本当の方法』を教えてもいいですよ」

ファルリアの提案にアヴァンクヌギは感嘆の口笛を吹き、アティミシレイヤは咎める目を向ける。

「本気で従魔化の方法を教える気か」

「『正式版』を伝える気ですよ。それなら文句はないでしょう？」

その一言で、アティミシレイヤの顔から険が取れた。

「それなら構わないな。説明してやれ」

アティミシレイヤは引き下がると、手持ち無沙汰の解消に、テフランを抱き寄せる。

身長差もあって、テフランの頭部は張りのある小麦色の双丘に埋もれてしまった。

テフランは反射的に赤面し、そして頭を挟む柔らかくも暖かな物体から意識を逸らすために思考に没頭する。

（告死の乙女って、肉体接触《スキンシップ》が好きなのかな。それにしても、ファルマヒデリアとは少し感触が——）

豊かさはファルリアが勝つが、ハリと弾力はアティミシレイヤの勝利。

そんな判定を下しかけて、テフランは慌てて思考を変える。

（——じゃなくて、本当の方法とか正式版とかってなんだろう。口づけする方法とは違うのかな？）

考え込んで大人しくなるテフランを、アティミシレイヤは柔らかな笑顔で抱き続ける。

ファルリアはそんな二人を軽く睨んでから、アヴァンクヌギに向き直った。

「私たち告死の乙女を従魔にする方法は、テフランが行った幸運任せ以外だと、たった一つしかありません」

「テフランが前にした報告は嘘ではないが、確率は低いってことか？」

「告死の乙女は、人に触れられた瞬間に攻撃してきます。それなのに無手かつ無防備な状態で近づこうなんて、自殺行為ですよ」

「テフランは生きているぞ？」

「完璧に偶然のなせた業ですね。ほんの少しでも命運が違っていたら、私はテフランを魔法で滅していたはずですから」

衝撃の告白に、テフランは当時のことを思い出してみた。

（そういえば、ファルマヒデリアは俺に魔法を放つ寸前だったな。あのとき、歌い開いた口に俺の喀血が偶然に入らなかったら、きっと殺されていたんだろうな）

もしそうなっていたら、ファルリアは告死の乙女として、渡界者を狩る未来に進んでいたことだろう。

度重なる偶然や幸運のお陰で、ファルリアを従魔化できたことは間違いない。

そんな事情は知らないまでも、派遣した渡界者が従魔化に失敗したこともあって、アヴァンクヌギはファルリアの話を信用した。

「それで今から教えてくれるのは、運が絡まない方法なんだな」

「運も少々必要ですが、それよりも戦闘力こそが必要な方法です」

アヴァンクヌギは話の流れが見えずに眉を寄せると、ファルリアが微笑みながら告げる。

「方法は単純なんです。私たち告死の乙女は、手酷い傷を受けると自動的に魔法紋による治療に入り、まったく動かなくなります。そのときに――」

「待て待て。『手酷い傷』とは、どのぐらいのものなんだ」

アヴァンクヌギの疑問に、ファルリアは説明を止めて少し考える。

「そうですね。刃を三、四本ほど胴体に貫通させるか、手足のどれかを二本落とすか、楽なのは首を半ばまで断つことでしょうか」

言葉の軽さとは裏腹に、提示された条件は難関に過ぎた。

「そんな条件、人間に可能だと思っているのか?」

「人間では不可能だと思うからこそ、簡単に教えたんです」

満面の笑みで語るファルリアに、アヴァンクヌギのこめかみに癇癪筋が現れる。

だが喧嘩をしても勝てないのは目に見えていた。

アヴァンクヌギは苦労して、どうにか怒気を押し留める。

「ぐぬぬっ。一歩間違えば死ぬ運任せか、死ぬ覚悟で戦って勝つしか、従魔にする方法はないんだな」

「ありません。告死の乙女の種族にかけて、それは保証します」

考察する価値のない方法を伝えられ、アヴァンクヌギはがっくりと項垂れる。そして机の上にある書類の中から、ある一束を取ると破り捨ててしまう。

飛び散る紙片の中に『告死の乙女』や『従魔化』という文字がある。他の国や地域の渡界者組合に送るための書類だったものだ。

アヴァンクヌギは紙クズをゴミ箱に叩き込み、難しい顔で頭を掻きむしる。

その後少し黙り込むと、ゆっくりと巌のように硬くなった顔をテフランに向けた。

「従魔化の話はもう止《や》めだ。次は、その小麦色の肌をした告死の乙女――」

「アティミシレイヤ、って名前をつけました」

テフランの注釈に、アヴァンクヌギは少し言葉を区切ってから喋りだす。

「――アティミシレイヤについてだ。そいつによって、かなりの数の渡界者が死んだ。テフランの従魔になって、それでお終いにはできねえんだ」

話を向けられたアティミシレイヤは、テフランを手放して一歩前に出る。

自由になったテフランが、今度はファルリアの胸の内に回収される姿を横目で見てから、アティミシレイヤはアヴァンクヌギに挑戦的に微笑んだ。

「かなりとは聞き捨てならない。せいぜい、二、三十人程度だったと記憶している」

「それだけ殺せば十分に『かなり』だろ。どう責任を取る気だ」

「異なことを言う。まるでこちらに咎があって、命を差し出せと言いたげだ」

「まさにその通りだ。命ではなく、体という部分に違いはあるがな」

意味が分からないと眉をひそめるアティミシレイヤに、アヴァンクヌギはより真剣な顔になる。

「告死の乙女の魔法紋は調べられてない。つまりは未知ってことだ。それを解析できれば、魔法技術はさらに発展できるわけだ」

「それがどうしたんだ。こちらには関係のない話に聞こえるな」

「技術躍進の功績で、お前の人殺しの罪を帳消しにしてやると言っているんだ」

「馬鹿なことを。どうしてそんな真似をしなければ――」

「拒否すれば、テフランに不利益が降りかかるぞ。従魔が犯した罪は、所有者が償うのが定法だからな」

アティミシレイヤの表情が、初めて驚きと困惑に揺れる。

すると、テフランを抱き寄せて悦に入っていた、ファルリアが口を挟んできた。

「まさか、アティミシレイヤの全身を差し出せ、とは言いませんよね。それでは、そちらの取り分が多すぎますよ」

「多いわけあるかよ。魔物一匹分で帳消しなんて、良心的もいいところ――」

「嘘ですね。人間が使っている魔法紋は、全てが出来損ないです。告死の乙女の完璧な魔法紋を解析できるなんて、巨万の富と引き換えでもいいほどです」

「――チッ、魔道具師になるとか、前に言っていたっけな。こっちの事情を色々と知っているな」

「それはもう、可愛くおねだりしたら、職人さんが丁寧に教えてくださいました」

にこやかに話すファルリアと違い、アヴァンクヌギは苦々しい顔だ。

「……腕一本。それならどうだ」

「片手の手首から先だけでも、十分以上でしょう？」

ファルリアが簡単にアティミシレイヤの片手を売り飛ばそうとしていることに、テフランは乳房の谷間に埋もれながら驚いていた。

さらに、アティミシレイヤの言葉にも驚かされることになる。

「テフランに迷惑かけずに済むのなら、片腕を払っても文句はない。だが、本当に帳消しにしてくれるのだろうな」

「幸いなことに、暴れる女性型の魔物の目撃例は数日前に消えたから、噂も『何かの間違いだった』ってことになりつつある。生き残りも少ないから、口止めは楽に済む。組合長《おれ》の権力とスルタリアの人脈を活用すれば、もみ消し可能な範囲だ」

逆に言えば、アヴァンクヌギとスルタリア以外に、アティミシレイヤの罪を握り潰すことのできる人物は、他にいないということでもあった。

このまま、アティミシレイヤの片手一つで裏取引が決着してしまう――その直前に、テフランはファルリアの胸の谷間から脱出できた。

「組合長！　二人がなにも知らないからって、間違った情報で取引しないでください！」

「ああん？　どこのなにが、間違いって言うんだ？」

纏まりかけた話を蒸し返されて、アヴァンクヌギは心底不愉快そうにする。

だが、テフランには分かっていた。彼の不機嫌そうな態度は、こちらに発言を止めさせようとする威圧なのだと。

「従魔になる前に魔物が犯していた罪は、従魔後には問われないってことが定法ですよ。そうしなきゃ、他の渡界者に難癖をつけられますからね。『こいつの従魔は、俺の仲間の腕を噛んだ魔物に違いない。治療費を賠償しろ』っとかってね」

テフランの指摘に、アヴァンクヌギは舌打ちしつつも余裕の顔を崩さない。

「チッ、よく知っていたな。そういえば、お前は渡界者の息子だったたな。しかし、その通例について勘違いしているな」

「いま言ったことは、父親から教わった本当のことです」

「確かに、言い分は合っている。だがそれは『普通の魔物や魔獣』に関しての場合はだ。見た目に違いがない種族だと、従魔になる前の行動を証明できないからな」

噛んで含めるような説明に、自分の正しさに自信があったテフランは混乱した。

そしてハッとした様子で、ファルリアとアティミシレイヤに目を向ける。

二人は同じ種族なのに、見た目が大きく違っていた。

アヴァンクヌギはテフランが悟ったと理解して、我が意を得たりと得意げになる。

「見た目に顕著な特徴がある場合、従魔前の罪も認められることが多い。そして告死の乙女なんて、一度見たら忘れないような相手は、見間違うほうが難しいいな」

意外な切り返しに、テフランは慌てる。

「慣例ってだけなら、定法である『罪に問われない』ってほうが優先されるべきです」

「被害者感情を慰めたいからこそ、見た目に特徴がある魔物に限って、慣例になっているんだぜ」

情に訴えて来られると、テフランは弱い。なにせ父親が迷宮に入ったっきり帰ってこない、いわば魔物の被害者の一人でもあるからだ。

そのため、ついつい黙って、対応を考え込んでしまう。

するとテフランの肩に、アティミシレイヤが手を乗せてきた。

「必死になって庇ってくれて嬉しい。そんなテフランだからこそ、片手を差し出すことに不満はないんだ」

アティミシレイヤは、テフランの腰にある鞘から剣を拝借した。

その刃で片手を斬り落とそうと振り上げる。

刃が到達する前に、テフランが身を挺して止めてみせた。

「待ってよ、ちょっと気が早いって！」

「しかし、これ以外に解決方法がないのでは？」

「どうしようもあるから、ちょっとぐらい待っててよ！　それにさっき黙ったのは、覚悟を決めるためだったんだからさ！」

あまりに必死に言うので、アティミシレイヤは信頼して剣を下ろした。

テフランは焦りで弾んだ息を整えてから、挑むような目でアヴァンクヌギを見る。

「組合長——いや、アヴァンクヌギ。俺はアンタたち、そして父親から『決して敵に回すな』って言われていた渡界者組合に、嫌われる覚悟をした」

「へぇ、そりゃあすごい。それで、どう嫌われるってんだ？」

余裕の表情のアヴァンクヌギに、テフランは決意を込めて言い放つ。

「いますぐ、依頼の報酬をもらいたい。噂になっていた告死の乙女を大人しくさせた、その報酬をだ」

「あん？　ああ、俺が差し出せるものなら、何でも差し出すってやつか。いいぜ、なんでもくれてやるよ。なにが欲しいってんだ？」

アヴァンクヌギが問い返した瞬間、隣で聞いていたスルタリアが要求されるものを理解して顔色を変える。

彼女から制止の声が上がる前に、テフランが口を開く。

「アティミシレイヤにあるという罪を、全てもみ消せ。さもなきゃ、別の土地の渡界者組合で、ここまでのことを洗いざらいぶちまけるからな！」

予想した通りの発言に、スルタリアが項垂れた。

「組合長が安請け合いするから、起死回生の手を打たれてしまったじゃないですか」

「なっ、この要求はありなのか?!」

アヴァンクヌギが驚くなか、スルタリアは冷静に状況を解説していく。

「いまさっき、組合長と私ならもみ消せるって、言っちゃっていたじゃないですか。つまり『罪の隠蔽工作』は、組合長が差し出せるものになったんです」

「いや待て。報酬は俺が出せるものって指定だったはずだ。スルタリアが拒否すれば、不可能ってことにならないか?」

「私は秘書、いわば組合長の付属物です。テフランくんが組合長に報酬として仕事を頼んだ場合、私は働かざるを得ないのです」

「こっちが勝手に違う報酬にするってのはだめか!?」

「組合長の名を使っての報酬を勝手に変えたことが、他の地域の組合に知られたら吊し上げですよ。そうなると理解していたからこそ、テフランくんは『他の地域で暴露する』って表明したんです」

スルタリアの一から十までの説明に、アヴァンクヌギの顔が強張った。

「つまり、俺はテフランの要求を飲まなきゃ、身の破滅ってことなのか?」

「その通りです。もっともこんな手段、組合から冷や飯食わされる覚悟がなきゃできませんけどね。テフランくんも思い切ったことをします」

　感心した目をむけるスルタリアに、テフランは憤然とした顔を向ける。

「俺は組合に貢献したいから渡界者になったんじゃない。地底世界に行きたいから渡界者になって、色々と便利だから組合に入っているんだ。こっちの邪魔をするっていうなら、組合なんてクソ食らえだ！」

「つまり、優先順が違うと？」

「そもそも、素材を売る先は色々あるし、商会付きの渡界者って道もある。売買が楽なだけの組合に固執して、大事な従魔の手を差し出すほど、俺は馬鹿じゃない！」

　嫌われる覚悟をしたために、テフランの言葉はかなり辛辣なものになっている。

　その一言一言に、スルタリアはごもっともという顔で頷く。

　一方で、アヴァンクヌギは怒り顔に変わっていた。

「おい、小僧。告死の乙女が従魔だからって、調子に乗ってんじゃねえぞ」

「はんっ。二人が仮に、魔犬の子供だったとしても、俺はアンタに同じことを言っていたよ。これは筋道と矜持の問題だからな」

「よく言いやがった。なら一対一で決闘しやが――」

　席を立ち上がろうとしたアヴァンクヌギに、ファルリアとアティミシレイヤの魔法紋が浮かんだ手が向けられる。

加えて彼の首筋には、スルタリアが握る暗器の切っ先がつきつけられていた。

ファルリアとアティミシレイヤ、そしてスルタリアは視線で意見を交換し合う。その後で、代表してスルタリアがアヴァンクヌギに喋っていく。

「これ以上、渡界者組合の品位を落とすような真似は慎んでください。どうして私が、あなたなんかの秘書をしているのか、よく思い出すといいでしょう」

「……チッ。俺はこの町の渡界者組合の顔だから、それらしい振る舞いをしなきゃいけないんだったな。そうできなきゃ、誰かに『病死』させられるってか」

「そう思い出せたことで、少なくとも明日に体調が急変することはなくなりましたね」

スルタリアが手を引き戻すと、持っていたはずの暗器は消えてしまっていた。

テフランが目を見開いて捜すも、隠し場所が分からない。

だが、ファルリアとアティミシレイヤは見えていたようで、感心していた。

「魔法は使っていないのに、ああもうまく隠せるなんて、見習わないといけませんね」

「武器に興味はないが、ああやって刃を隠して近づいてくる人間もいると知れたことは、十分な収穫だな」

二人の呟いた感想に、スルタリアは半笑いの顔になった後で、テフランに頭を下げた。

「テフランくんの要求は承りました。私が責任を持って、組合長に報酬を支払わせると、お約束いたします」

「それはよかった。それじゃあ、もうここに来ることもないだろうし、借りていた家を退去する準備もあるから」

さっさと立ち去ろうとするテフランを、スルタリアは呼び止めた。

「以後も、長いお付き合いをお願いいたしたいのですが、どうでしょうか？　もちろん、お貸ししていた家屋も、そのまま使ってかまいません」

予想外の言葉に、テフランは頬を指で掻く。

「組合は便利だから、正直言うと使いたくはあるけどさ。組合長に歯向かった俺が、ずうずうしく居たらよくないでしょ」

「あの程度の言い返しでは反抗とはみなされませんし、もし組合長のちょっかいを危惧しているのでしたら、私が責任を持って対処します。安心してください」

「具体的に、どうするんだよ」

「いいものであろうとも、看板は付け替えが可能なものです。たとえ、現時点で用意できるものが、前のものよりみすぼらしいものであってもです」

テフランには意味が分からなかったが、スルタリアが責任を持つことだけは理解し、態度を軟化させることにした。

「スルタリアさんがそう約束してくれるなら。これからも、よろしくお願いします」

「そう言ってくださって助かります。猶予を頂いたと理解して、見放されないように心がけます」

お互いに握手をする姿を、アヴァンクヌギは詰まらなそうに頰杖をついて見ていた。

「話が済んだら、さっさと出てけ。これから渡界者組合名物、謝罪宴会の開催の通達をしなきゃいけねえんだからな！」

アヴァンクヌギが荒々しく言い放った言葉に、ファルリアとアティミシレイヤは首を傾げた。

「テフラン。アヴァンクヌギは、なにをしようとしているのです？」

「なにか、宴会とか言っていたが？」

二人の目は、アヴァンクヌギが良からぬことを企んでいるのではと疑っていた。

テフランは苦笑いすると、違う違うと手を振る。

「迷宮で大きな問題や災害が起きたとき、町の人達の不安感を払拭するために、渡界者組合が主催になって宴を開くんだ。それはもう賑やかで楽しいお祭りなんだよ」

テフランが過去に参加した宴を懐かしんでいると、スルタリアが補足を入れてきた。

「名目は、迷宮で死んだ人たちの鎮魂と、生き残った者に区切りをつけさせるため――本音では迷惑をかけた方々に、祭りの中で儲けてもらうためですね」

「……そういう裏事情は、父親からは教わらなかったよ」

思い出が汚されたように感じて、テフランは残念な気分になる。

すると慰めるように、ファルリアとアティミシレイヤが左右から抱き着いてきた。

テフランは、ファルリア一人でもいっぱいいっぱいなのに、アティミシレイヤにまで迫られて、恥ずかしさが許容限界ギリギリになる。

そんな三人の様子に、スルタリアが訳知り顔をした。

「いまから宴会の準備が始まります。そして開催と後片付けで、数日はどこもかしこも麻痺状態です。その間、テフランくんたちもお休みしてはどうですか？」

「俺に喧嘩売る面の皮があれば、宴を楽しんだっていいんだぜ？」

アヴァンクヌギの挑発めいた言葉に、テフランは少しカチンときたが、負け犬の遠吠えと無視して組合長室を出ていった。


ファルリアとアティミシレイヤと一緒に帰路につく。

その最中、宴会を開催する情報は、町中に噂としてすでに流れ始めていた。

「ようやく、噂の化け物が倒されたって確認ができて、今日から宴会だとよ」

「仕事なんてしてる場合じゃねえ！　いま準備に走らなきゃ、乗り遅れちまうぜ！」

住民たちの現金な姿に、テフランは苦笑いしてしまう。

宴の準備に走る人たちが去っていき、少しの間だけ周囲の人通りがなくなった。

その瞬間、ファルリアとアティミシレイヤが素早く、テフランの左右の頬にそれぞれ口づけした。

独特な柔らかさと、軽く吸われた感触に、テフランの鼓動はハネ上がってしまう。

「ちょっと、なんだよいきなり！」

胸に手を当て、顔を真っ赤にして、テフランは怒った。

しかし、ファルリアとアティミシレイヤは幸せそうに笑っている。

「私たちのことを思って、啖呵をきったテフランの姿が心に響いてしまって、つい愛おしさを堪えられず口づけてしまいました」

「この身を案じて、渡界者の長に敵対を決意してくれたこと、とても嬉しかった」

美女二人からの真っすぐな好意に、テフランは赤らんだままの顔を背ける。

「俺は従魔の主なんだから、従魔のことを考えるのは当然のことだし」

「ふふふ。テフランたら照れちゃって、可愛いです」

「ふふっ。君が我が主で良かったと、心の底から思う」

笑顔を深めたファルリアとアティミシレイヤは、それぞれにテフランの腕を抱きかかえた。

間が悪いことに、新たにきた通行人がニヤニヤと視線を向けてくる。

意地と羞恥で葛藤した後、面白がっている人たちに見せつけるように、テフランはファルリアとアティミシレイヤと腕を組んだまま歩き出す。

「ほら、家に帰るよ」

「はい。このまま、ゆっくりと歩いていきましょうね」

「こうして身を寄せて歩けるのは喜ばしいが、腕が大蜘蛛の体液に覆われているため、テフランの体温が感じられないことが、唯一の心残りだな」

「それなら、治った後で腕を組んでもらえばいいんですよ」

「いい考えだ。だが、こうして人が見ている中を歩くのは、気恥ずかしくないか？」

手前勝手な会話をするファルリアとアティミシレイヤ。

テフランは二人に腕を抱えられたまま、羞恥で赤らんだ顔で意地で胸を張って、宴会の準備に揺れだした町中を歩いて帰路につくのだった。

エピローグ　最強の義理の母が二人になりました

テフランたちが帰還して一日と経たずに、町中は宴で大盛り上がりしていた。

店々は料理や工芸品を売り、人々は飲食と遊びに現《うつつ》を抜かしている。

ある人は見知った者の死を悼みながらも、いま知り合った誰かと肩を組む。

またある人は歌と踊りで死者を葬送しつつ、演目後におひねりを受け取る。

そんな死と生を見つめ直す宴の音を外に聞きながら、テフランは家の中でアティミシレイヤの体に軟膏を塗っていた。

「まだ、はっきり出血痕が残っているね」

女性の体に触れている照れ隠しに喋りながら、テフランは小麦色の肌にある黒い皮下出血痕に軟膏を擦り込んでいく。

その手つきがくすぐったいのか、アティミシレイヤの口元が少し歪んでいる。

「万能型《ファルマヒデリア》が魔法で薬を調合したものだ。早晩にでも治るだろう」

「そんなに早く効くわけないでしょ。治るまでは、傷痕を隠すための包帯が必要だね」

「怪我を見られるぐらい、こちらは気にしないが？」

「ダメだって。出血痕が変に黒色の魔法紋っぽいから、要らない邪推を呼んじゃうって。それにその……綺麗な手足なんだからさ、怪我の痕があるのはもったいないよ」

似合わない誉め言葉をつい口にしてしまい、テフランは羞恥でさらに顔を赤くする。

一方でアティミシレイヤは、褒められた嬉しさから微笑んでいた。

「ふふっ。面と向かって言われると面映ゆいけれど、悪くないかな」

「からかわないでよ。はい、軟膏は終わり。次は包帯だよ」

「はいはい。どうぞ、テフラン」

アティミシレイヤが差し出した腕に、テフランは丁寧な手つきで包帯を巻いていく。

腕が終われば次は足。

だが、差し出された足を膝に置いて作業しようとすると、アティミシレイヤの腰回りにある青い布が捲れて、その下が見えそうになってしまった。

胸周りと同じく、布の下には下着はつけていないので、テフランは気が気じゃない。

「ファルリアお母さんがやってくれたら、問題はなかったのに……」

つい小声で愚痴を言うと、アティミシレイヤから笑い声交じりの言葉がやってきた。

「近所の奥さんとやらに、ファルマヒデリアは連れて行かれてしまっただろ」

「あの人たちは、迷宮であったことも、ファルリアお母さんが告死の乙女ってことも、知らないだろうからね」

テフランが苦笑いすると、その頬をアティミシレイヤは突《つつ》いた。

「それにな、包帯を巻く作業は、テフランの希望だったと記憶しているのだけれど？」

「うぐっ。それは、そうなんだけど……」

唇を尖らせて不満を表しながら、テフランは足にある出血痕に視線を固定して、包帯を巻いていく。

純真さと真面目さが見て取れる行動に、アティミシレイヤは心をくすぐられる。それでも分別を発動させて、違う話題を振っていく。

「いまさら、つかぬことを聞くが。ファルマヒデリアのことを『お母さん』と呼んでいるようだが、テフランの本当の母なのか？」

「いや、義理の親子って設定を組合長につけられただけで、本当の親子じゃないよ」

「そうなのか。それでは、私もテフランの母という関係に偽装すればいいか？」

テフランはアティミシレイヤの足を抱えたまま、疑問顔になる。

「母親が二人いるっていうのは変だよ。だから、アティミシレイヤは俺の義理の姉とか、ファルリアお母さんの親戚とかになるんじゃないかな」

道理に合った予想だが、アティミシレイヤは不満だった。

「それだと、私がファルマヒデリアの子や従妹《いとこ》になってしまう。それはいけない。私もテフランの義理の母親でありたい」

「心底嫌そうだけど、二人目の母親なんて偽装はできないと思うんだけど」

「うむむー。いや、待て。テフランの父親と母親は別れていたのだったな」

「確かにそうだけど。俺の生き別れの母親ってことにする気なら、それはムリだよ」

「この口調と見た目では、母親として受け入れてもらえないのか？」

「違うって。ファルリアお母さんのときと同じだけど。見た目の年齢が十代の子供がいるにしては若すぎるから、本当の親子って設定にすると説得力がないんだよ」

テフランが語ったように、アティミシレイヤは健康美に溢れて若々しい。十代の子供どころか、経産婦でも納得されない次元である。

しかし、アティミシレイヤの考えは、設定上の実母になることではなかった。

「そうではない。私がテフランの実母の配偶者で、彼女が死んだ後にテフランに会いに来た。という風に偽れないかと言いたかったんだ」

突飛な設定に、テフランは理解に少し時間がかかった。

「……要するに、俺の顔も知らない母親は、実は異性より同性のほうが好きな人物で、死ぬ間際に配偶者――アティミシレイヤに俺のことを託した。という偽装にしたいと？」

「その偽装した背景なら、テフランの母親代わりという立場に収まれるはずだ」

「まあ、同性の恋人っていうのは、いなくはないって聞くけどね……」

渡界者は徒党《パーティー》を組む際、異性間のいざこざを持ち込まないように、同性だけで組む者が多い。そして生き死にを共に乗り越え続けた関係から、同性の仲間でも恋人に発展することは、珍しくはあるがないわけではなかった。

でも、アティミシレイヤのために記憶にない実母を同性愛者にすることは、母の愛情に飢えていた時期があるテフランには、とても躊躇《ためら》われた。

「俺の父親がファルリアお母さんとの関係を隠して、アティミシレイヤと二股していたってほうが納得がいくよ。いや、是非そうするべきだ」

よく知らない母親よりも、よく知る父親を生贄に選んだテフランに、アティミシレイヤは困惑の目を向ける。

「テフランに色々な教えを授けてくれた良き父親を、粗略に扱うのか？」

「実際に手の早い人だったから、恋人や浮気相手は多かったよ。俺の父親を知っている人なら『あいつなら二股ぐらいしていないとおかしい』って言うよ、きっとね」

「……なかなかに、豪放磊落な人物であったんだな」

「渡界者としては、とても優秀かつ信頼できる人だったらしいけどね」

そんな話を至近距離でしていて、テフランは包帯を巻き終わっていたことに気付いた。

「さて、これで終わり。巻きが崩れないか、ちょっと動いてみて」

テフランの要望にアティミシレイヤは従い、立って手足を動かしていく。

「うん、大丈夫のようだね。じゃあ使った医薬品を片付けて――」

包帯のあまりを巻き直していると、アティミシレイヤが急に抱き着いてきた。そして耳元で囁きかけてくる。

「ともあれ、これで私もテフランの義理の母ということでいいのだよね？」

艶っぽい声と女性的な甘い匂いに、テフランの鼓動が速まっていく。

「うん。そう考えてくれていいけど、それがどうかした？」

その心音を悟らせまいとしている間に、アティミシレイヤの次の言葉がきた。

「それならば、ファルマヒデリアのように、私も愛称で呼んではもらえないだろうか」

「……えっ、愛称？」

予想していなかった要求に、テフランはつい聞き返してしまう。

するとアティミシレイヤは、しょんぼりと顔を俯かせた。

「やっぱり、出会って数日では、愛称はもらえないか」

「いや、そんなことないよ。うん、愛称ね。いいよ、つけるよ」

テフランは慌てながら、必死に愛称を考える。

「それじゃあ、名前の一部から『アティさん』ってのはどうかな」

「アティという愛称は気に入ったが、『母』とはつけてくれないのか」

「それはちょっと。母親と呼ぶ相手が二人もいたら、変に思われるだろうし」

「むむむっ、それでは仕方ないな。母をつけての呼び名は、先達であるファルマヒデリアに譲るとしよう。それにしても、アティさんか。ふふっ、愛称とはいいものだ。心が温かくなる」

アティミシレイヤ――アティが納得してくれて、テフランは安堵する。

二人に和やかな空気が流れていると、唐突に玄関の扉が大きな音を立てて開かれた。

咄嗟に身構えるテフランたちをよそに、大荷物を抱えたファルリアが入ってくる。

「出店で色々と買ってきましたよー」

食卓に近づくや、おもちゃや出店料理などの戦利品を、ファルリアは嬉々として広げる。

テフランは苦笑しながら見ていて、様子が少し変だと思った。

ファルリアの動きが、浮ついているというか、ふわふわとしているように見えたのだ。

「もしかしてファルリアお母さん、お酒を飲んできた？」

「はいー。お祝いだからと振舞われていたものを、飲んできましたー」

ふんにゃりと笑う顔を見て、アティが眉を寄せる。

「告死の乙女には解毒の魔法が自動でかかるはずだ。どうして酔っている？」

「私《わたくし》は万能型ですからねー。意図して止めることができるんですよー」

「……方法ではなく、理由を尋ねたのだが」

「誘ってくれた方々が酔っているのに、一人だけ素面《しらふ》じゃ怪しまれるじゃないですかー。そんなこともわからないんですかー」

アティがイラッとしているのを見て、テフランは「まあまあ」と落ち着かせる。

その二人の姿に、ファルリアは溶け崩れそうなほどに柔らかい笑みを浮かべた。

「んふー、仲良しさんですねー。あとー、なんだかテフランが、いつも以上に可愛く見えますー」

「うわっ、急に抱き着いてくるなってば！」

「私とも仲良くしてくださいー」

ファルリアは胸の谷間の奥底に、テフランの頭を押し込むと、体同士をピッタリとくっつけるように腕で抱き寄せる。

酔いで高くなった体温と、女性特有の柔らかな肉感。

それらを全身で感じる羽目になったテフランは、熱された鉄みたいに顔が真っ赤だ。

「んむー、むぅ～～！」

包み込んでくる双丘に顔が埋まっているテフランは、急いで離れようとするも、逆にファルリアの抱き着きが強くなるだけだった。

脱出不能と判断し、助けを求めて手を伸ばす。

アティは少し考えてから、戸惑いと恥ずかしさで目を伏せて、自身のハリと弾力が強い乳房にテフランの手を置いた。

「そのだな、揉むのは構わないのだが、できれば優しくして欲しい」

「んむうー！」

テフランは「違う」と抗弁したが、ファルリアの柔らかい乳房に声が吸収されてしまって通じない。

この三者とも噛み合っていない状況は、アティがテフランの真意に気付き、ファルリアに解毒の魔法を再起動させて酔いを醒まさせるまで、長々と続くことになるのだった。

あとがき

『敵性最強種が俺にイチャラブしたがるお義母さんになったんですが?!』をお手に取っていただき、誠にありがとうございます。作者の中文字と申します。

まずは、あとがきを先に読まれる方のために、ネタバレなしで簡単な説明をいたしましょう。


この物語は、Ｗｅｂサイト『小説家になろう』にて公開しております、『敵性最強種が俺の義母になってしまいました』の書籍版でございます。

大雑把に内容は、若い青年に物凄い美人で最強な妙齢な義母ができ、嬉し恥ずかしな日常を送り、迷宮で緊迫した戦闘を行うお話です。

ですので、おねショタ系、青年の成長話、中世風ファンタジーな戦闘シーンがお好きな方は、お気に召すことでしょう。

お話自体はＷｅｂ版に比べまして、細かい描写、新しいシーン、物語の整合性の改善などなど改良が多く加えられ、より一層楽しいお話になっていると自負しております。

加えて、イチケイ様の手腕による美麗なイラストの数々。まさに必見です。

とまあ、ハードルを上げかねない宣伝はここまでにしまして、ここからは私個人のお話です。

アース・スターノベル様では初めての書籍化なのですが、『テグスの迷宮探訪録（ファミ通文庫）』、『自由（邪）神官、異世界でニワカに布教する。（ガガガブックス）』に続く、通算で三作品目となります。冊数換算だと五冊目ですね。有り難い話です。

もちろん『小説家になろう』に投稿した全てが書籍化できたわけではなく、電子の海に揺蕩《たゆた》ったままの作品もあります。

ご興味がありましたら、他の作品もご一読くださいますよう、お願いいたします。

そしてこれから先も、新しい作品を発表できるよう頑張らせていただきます。

そのための取材の一環——という言い訳で——海外の方々や異なる思想の方々が主催するイベントに見物に行ってます。

見知らぬ食べ物、衣装、音楽、踊り、価値観に触れることで、簡単に『異世界情緒』を体験できますので、読み専の方だけでなく執筆者の方にもお勧めです。イベントブースでスタッフに話しかけると、面白い話も聞けたりしますしね。

もっとも、つい財布のひもが緩んでしまうので、懐に痛打を受けかねませんので良し悪しがありますけど（笑）

それはさておき、最後に謝辞を。

本書をご購入いただきました皆々様、Ｗｅｂ版からご愛顧くださっている読者の方、大変にありがとうございます。以後も頑張ります！

そして、書籍化の打診をしてくださいましたアース・スターノベル編集の増田翼様、イラストで物語に華を添えてくださいましたイチケイ様。本書の校正や出版に携わってくださいました他の方々。貴方様たちのお力で、書籍が出版される運びとなりましたこと、厚くお礼申し上げます。

それでは、またお会いできる日を楽しみに、執筆に励むことにいたします。

ありがとうございました。

中文字

ありがとうございます！
イチケイ
お蔵入りデザイン案

EARTH STAR NOVEL

敵性最強種が俺にイチャラブしたがるお義母さんになったんですが？！

発行 ―――――― 2018年2月15日　初版第1刷発行

著者 ―――――― 中文字

イラストレーター ―――― イチケイ

装丁デザイン ―――― 山上陽一＋藤井敬子（ARTEN）

発行者 ―――――― 幕内和博

編集 ―――――― 増田 翼

発行所 ―――――― 株式会社 アース・スター エンターテイメント
〒107-0052　東京都港区赤坂 2-14-5
Daiwa 赤坂ビル 5F
TEL：03-5561-7630
FAX：03-5561-7632
http://www.es-novel.jp/

発売所 ―――――― 株式会社 泰文堂
〒108-0075　東京都港区港南 2-16-8
ストーリア品川
TEL：03-6712-0333

印刷・製本 ―――――― 図書印刷株式会社

ISBN 978-4-8030-1163-0